（上）
證件照。六〇年代末。上唇剛開始長軟髭。取回照片，發現髭沒有了，檢視底片，發現照相館用鉛筆將髭一點點地修沒了！於是用橡皮把鉛筆痕擦掉。
拿去再印一張，取回來仍是軟髭被修掉。這張是我後來自己印的。太監的時代。去掉軟髭，不覺得我像個太監嗎？
（下）
雲南瀾滄江邊。三王時期。身上穿的是當時僅有的正式服裝，也就是前一張證件照中的衣服。上身的材料叫「的確良」，相當結實，但也不能狠穿，還是會破。的確良的名字起得很好，熱的時候穿非常熱，冷時穿則的確涼，好像沒有穿。這是化學纖維織物的同性。不過它確實解決了文化大革命年代還把自己當人的虛榮心。僅有的見人的鞋磨破了，不過照片上看不出來。照相機可以製造既真又偽。

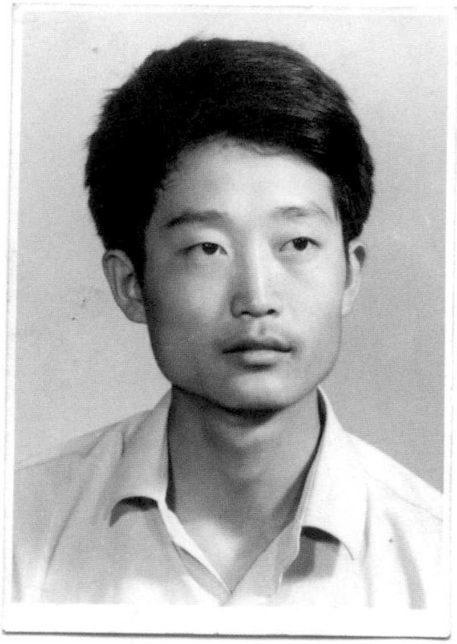

美國愛荷華大學國際寫作計劃的住處，1985年秋。第一天被褥還未拿來時自拍，可以看出墊子的質量很好。這是大學的學生宿舍，生活條件很好。從窗戶可以望見山上聶華鈴夫婦家的屋頂。我身上長得最快的是毛髮和指甲，在美國理一次髮較貴，省到後來不得不髮長覆背。

九○年代。香港。後來我發現一種電動剃髮剪，加上卡子，可以自己給自己剃頭，頭髮短而均長，俗稱「尼姑頭」，於是就一直是這樣了。

拜會吳清源先生。2000年。吳清源先生是這個世界上的奇蹟之一。人遇到奇蹟的機會是萬億分之一。我不會下棋，只是因為寫吳清源先生傳記影片劇本的緣故，得以有機會遇到奇蹟。不幸的是，向吳先生當面討教，得到的這張照片卻是我在張牙舞爪！吳先生身後是他的助手圍棋五段牛力力，沒有進入鏡頭的還有吳先生的妻子和導演田壯壯。

2002年，台北。我的右首是謝材俊先生，左首是駱以軍先生，這就是為什麼我的臉上表情是惶恐的原因。

第62屆威尼斯國際電影節頒獎後台。2005年。參加這次電影節評選活動的最大收穫之一是，與我最尊敬的法國女演員Isabelle Huppert面對面。我認為她是悲劇性的人物，因為還沒有哪個男演員可以平手與她對戲。她太強了。頒獎之前，我們特別邀她到後台來，她進來的時候，大家都有點瘋狂。我旁邊的另一位是金獅獎評委會主席Dante Ferretti，好人，大好人，非常好的人。提醒一下，這屆的金獅獎給了李安的《斷背山》。

# 棋王 樹王 孩子王

二十世紀中文小說一百強

阿城 著

# 目錄

作者簡介／004
自序（台灣版）／005
自序（大陸新版）／006
棋王／009
樹王／071
孩子王／131

# 作者簡介：

阿城，生於北平，籍貫四川江津（現屬重慶直轄市）。雜家。小說、散雜文作者，編劇，攝影師。

一九六六年，文化大革命開始，一九六八年高中肄業，去農村插隊務農為生。

一九八四年，開始發表文字。其後《棋王》獲多種獎項，並被香港和中國大陸各自改編為同名電影。

一九八五年，《孩子王》被改編為同名電影。

一九八六年，移居美國。

一九九二年，獲義大利 NONINO 國際文學獎。

一九九九年，《亞洲周刊》評「二十世紀中國小說一百強」，《棋王》為第二十。

二〇〇五年，受邀為第六十二屆威尼斯電影節金獅獎評委。

二〇〇六年，以攝影師資格為《劉小東新作：多米諾》製作圖片記錄和紀錄片。

二〇〇七年，授權《棋王》在台灣由大地出版社出版。

# 自序（台灣版）

這次在台灣出版的是《棋王》、《樹王》、《孩子王》的增補版。比較二十年前的那一版，它最接近原稿。所謂最接近，是因為上世紀八十年代中期在中國大陸出版時，出版方有刪除，這次則恢復一些。

自台灣出現我的文字作品，已過去了二十年。我這次校閱這三篇文字時，常常為二十年來台灣讀者和批評者的寬容而嘆息不已。

二十年來，我幾乎目睹了台灣在寫作、出版和閱讀上的開放。也許台灣的朋友們有各種理由不以為然，我卻心有戚戚焉。我只是希望，如果二十年後有人有興趣再讀，應該可以解讀出更多的東西，例如小說中的同性目光。這種目光，是極權下最公開，同時也是最隱私的目光。我經常注意到這種盯視，它以對象的不同而不同，崇拜權力的，暗禱的，解脫的，還有情色曖昧的等等。

寫作和閱讀的開放與自由，取決於我們內心的能力。

阿城

# 自序（大陸新版）

《棋王》、《樹王》、《孩子王》，唸起來有節奏，不過以寫作期來講，是《樹王》、《棋王》、《孩子王》這樣一個順序。

《樹王》寫在七十年代初，之前是「遍地風流」系列，雖然在學生腔和文藝腔上比「遍地風流」有收斂，但滿嘴的宇宙、世界，口氣還是矯。當時給一個叫俞康寧的朋友看，記得他看完後苦笑笑，隨即避開小說，逼我討論莫札特的第五號小提琴協奏曲的慢板樂章中提琴部份的分句，當時他已經將三個樂章的提琴部份全部練完，總覺得第二樂章有不對勁的地方。我說第二樂章的提琴部份好像是小孩子，屬撒嬌式的抒情。這一瞬間，我倒明白了《樹王》不對勁的地方。俞康寧後來患腎炎，從雲南坐火車回北京，到站後腿腫得褲子脫不下來，再後來病退回北京，在水利部門做拍攝災情的工作。我後來想到我們在鄉下茅草房裡討論莫札特，莫札特真是又遠又近，但無疑很奢侈。幸虧藝術就是奢侈，可供我們在那樣一個環境裡揮霍。

一九九二年，我到義大利北部山區去見奧米先生。奧米先生是義大利電影導演，我在紐約看過他的經典之作《木鞋樹》，深為折服。奧米先生提出拍《樹王》，說叫我來導，我不知道怎樣拒絕。《樹王》怎麼可以再提起呢？它是我創作經驗上的一塊心病，後來又是我發表經驗上的一個心病。《棋王》發表後，約稿緊促，就把《樹王》遞出了，窘的當然是我自己。

《樹王》之後是《棋王》的階段。大概是《棋王》裡有些角色的陳詞濫調吧，後來不少批評者將我的小說引向道家。其實道家解決不了小說的問題，不過寫小說倒有點像儒家。做藝術者有點像儒家，儒家重具體關係，藝術要解決的也是具體關係。若是，用儒家寫道家，則恐怕兩家都不高興吧？

《孩子王》是我自認成熟期的一個短篇，寫得很快，快得好像是在抄書。小說寫到這種狀態，容易漸漸流於油滑。寫過幾篇之後，感到像習草書，久寫筆下開始難收，要習漢碑來約束。這也是我翻檢我的小說之後，覺得三個時期各有一篇，足夠了。其他的，重複了，不應該再發，有些篇，例如有一篇講近視眼的，連我自己再看過之後都生厭惡之心，有何資格去麻煩讀者？

我開始寫小說的時候，正是當代中國的出版的黑暗時期，所以從習作開始，就沒有養成為發表而寫作的良好習慣，此先天不足，從八十年代中直到現在，一直困擾我。

此次重新出版舊作，新在恢復了《孩子王》在《人民文學》發表時被刪去的部份，這多虧楊葵先生要到手抄件，不過《樹王》的手抄件已被《中國作家》清理掉了。現在想起來八十年代初期和中期，中國有那麼多的文學刊物每月發那麼多的小說，真是不祥，一個文學刊物，實在要清理一下倉庫。現在就正常多了，小說的發表量和小說的閱讀人口，比例適中。

**阿城　一九九八年年底　廣州**

# 棋王

## 一

車站是亂得不能再亂。成千上萬的人都在說話，誰也不去注意那條臨時掛起來的大紅布標語。標語大約掛了不少次，字紙都折得有些壞。喇叭裡放著一首又一首的毛主席語錄歌兒，唱得大家心裡更慌。

我的幾個朋友，都已先我去插隊，現在輪到我了，竟沒有人來送。父母生前頗有些污點，運動一開始即被打翻死去。家具上都有機關的鋁牌編號，於是統統收走，倒也名正言順。我雖孤身一人，卻算不得獨子，不在留城政策之內。我野狼似的在城裡轉悠一年多，終於決定還是走吧。此去的地方按月有二十幾元工資，我便很嚮往，爭了要去，居然就批了。因為所去之地與別國相鄰，鬥爭之中除了階級，尚有國際，出身孬一些，組織上不太放心。我爭得這個信任和權利，歡喜是不用說的，更重要的是，每月二十幾元，一個人如何用得完？只是沒人來送，就有些不耐煩，於是先鑽進車廂，想找個地方坐下，任憑站台上千萬人話別。

車廂裡靠站台一面的窗子已經擠滿各校的知青，都探出身去說笑哭泣。另一面的窗子朝南，冬日的陽光斜射進來，冷清清地照在北邊兒眾多的屁股上。兩邊兒行李架上塞滿了東西。我走動著找我的座位號，卻發現還有一個精瘦的學生孤坐著，手攏在袖管兒裡，隔窗望著車站南邊兒的空車皮。

我的座位恰與他在一個格兒裡，是斜對面兒，於是就坐下了，也把手攏在袖裡。那個學生瞄了我一下，眼裡突然放出光來，問：「下棋嗎？」倒嚇了我一跳，急忙擺手說：「不會！」他不相信地看著我說：「這麼細長的手指頭，就是個捏棋子兒的，你肯定會。來一盤吧，我帶著傢伙呢。」說著就抬身從窗鉤上取下書包，往裡掏著。我說：「我只會馬走日，象走田。你沒人送嗎？」他已把棋盤拿出來，放在茶几上。塑料棋盤卻擱不下，他想了想，就橫擺了，說：「不礙事，一樣下。來來來，你先走。」我笑起來，說：「你沒人送嗎？這麼亂，下什麼棋？」他一邊碼好最後一個棋子，一邊說：「我他媽要誰送？去的是有飯吃的地方，鬧得這麼哭哭啼啼的。來，你先走。」我奇怪了，可還是拈起炮，往當頭上一移。我的棋還沒移到，他的馬卻「啪」地一聲跳好，比我還快。我就故意將炮移過當頭的地方停下。他很快地看了一眼我的下巴，說：「你還說不會？這炮二平六的開局，我在鄭州遇見一個名手，就是這麼走，險些輸給他。炮二平五當頭炮，是老開局，可有氣勢，而且是最穩的。嗯？你走。」我倒不知怎麼走了，手在棋盤上游移著。他不動聲色地看著整個棋盤，又把手在袖裡攏起來。

就在這時，車廂裡亂了起來。好多人擁進來，隔著玻璃往外招手。我就站起身，也隔著玻璃往北看月台上。月台上的人都擁到車廂前，都在叫，亂成一片。車身忽地一動，人群「嗡」地一下，哭聲四起。我的背被誰捅了一下，回頭一看，他一手護著棋盤，說：「沒你這麼下棋的，走哇！」我實在沒心思下棋，而且心裡有些酸，就硬硬地說：「我不下了。這是什麼時候！」他很驚愕地看著我，忽然像明白了，身子軟下去，不再說話。

車開了一會兒，車廂開始平靜下來。有水送過來，大家就掏出缸子要水。我旁邊的人打了水，說：「誰的棋？收了放缸子。」他很可憐的樣子，問：「下棋嗎？」要放缸子的人說：「反正沒意思，來一盤吧。」他就很高興，連忙碼好棋子。對手說：「這橫著算怎麼回事兒？沒法兒看。」他搓著手說：「湊合了，平常看棋的時候，棋盤不等於是橫著的？你先走。」對手很老練地拿起棋子兒，嘴裡叫著：「當頭炮。」他跟著跳上馬。對手馬上把他的卒吃了，他也立刻用馬吃了對方的炮。我看這種簡單的開局沒有大意思，又實在對象棋不感興趣，就轉了頭。

這時一個同學走過來，像在找什麼人，一眼望到我，就說：「來來來，四缺一，就差你了。」我知道他們是在打牌，就搖搖頭。同學走到我們這一格，正待伸手拉我，忽然大叫：「棋呆子，你怎麼在這兒？你妹妹剛才把你找苦了，我說沒見啊。沒想到你在我們學校這節車廂裡，氣兒都不吭一聲兒。你瞧你瞧，又下上了。」棋呆子紅了臉，沒好氣兒地說：「你管天管地，還管我下棋？走，該你走了。」就又催促我身邊的對手。我這時聽出點音兒來，就問同學：「他就是王一生？」同學睜了眼，說：「你不認識他？唉呀，你白活了。你不知道棋呆子？」我說：「我知道棋呆子就是王一生，可不知道王一生就是他。」說著，就仔細看著這個精瘦的學生。王一生勉強笑一笑，只看著棋盤。

王一生簡直大名鼎鼎。我們學校與旁邊幾個中學常常有學生之間的象棋廝殺，後來拚出幾個高手。幾個高手之間常擺擂台，漸漸地，幾乎每次冠軍就都是王一生了。我因為不喜歡象棋，也就不去關心什麼象棋冠軍，但王一生的大名，卻常被班上幾個棋簍子供在嘴上，我也就對其事跡略聞一二，知道王一生外號棋呆子，棋下得很神不用說，而且在他們學校那一年級裡數理成績總是前數名。我想棋下得好而有個數學腦子，這很合情理，可我又不信人們說的那些王一生的呆事，覺得不過是大家尋佚聞鄙事以快言論罷了。後來運動起來，忽然有一天大家傳說棋呆子在串連時犯了事兒，被人押回學校了。我對棋呆子能出去串連表示懷疑，因為以前大家對他的描述說明他不可能解決串連時的吃喝問題。可大家說呆子確實去串連了，因為老下棋，被人瞄中，就同他各處走，常常送他一點兒錢，他也不問，只是收下。後來才知道，每到一處，呆子必然擠地頭看下棋。看上一盤，必然把輸家擠開，與贏家殺一盤。初時大家看他其貌不揚，不與他下。他執意要殺，於是就殺。幾步下來，對方出了小汗，嘴卻不軟。呆子也不說話，只是出手極快，像是連想都不想。待到對方終於閉了嘴，連一圈兒觀棋的人也要慢慢思索棋路而不再支招兒的時候，與呆子同行的人就開始摸包兒。大家正看得緊張，哪裡想到錢包已經易主？待三盤下來，眾人都摸頭。這時呆子倒成了棋主，連問可有誰還要殺？有那不服的，就坐下來殺，最後仍是無一盤得利。後來常常是眾人齊做一方，七嘴八舌與呆子對手。呆子也不忙，反倒促眾人快走，因為師傅多了，常為一步棋如何走自家爭吵起來。就這樣，在一處呆子可以連殺上一天，後來有那觀棋的人發覺錢包丟了，鬧嚷起來。慢慢有幾個有心計的人暗中觀察，看見有人掏包，也不響，之後見那人晚上來邀呆子走，就發一聲喊，將扒手與呆子一齊綁了，由造反隊審。呆子糊糊塗塗，只說別人常給他錢，大約是可憐他，也不知錢如何來，自己只是喜歡下棋。審主看他呆相，就命人押了回來，一時各校傳為逸事。後來聽說呆子認為外省馬路棋手高手不多，不能長進，就託人找城裡名手邀戰。有個同學就帶他去見自己的父親，據說是國內名手。名手見了呆子，也不多說，只擺一副據傳是宋時留下的殘局，要呆子走。呆子看了半晌，一五一十道來，替古人贏了。名手很驚奇，要收呆子為徒。不料呆子卻問：「這殘局你可走通了？」名手沒反應過來，就說：「還未通。」呆子說：「那我為什麼要做你的徒弟？」名手只好請呆子開路，事後對自己的兒子說：「你這個同學桀驁不馴，棋品連著人品，照這樣下去，棋品必劣。」又舉了一些最新指示，說若能好好學習，棋鋒必健。後來呆子認識了一個撿爛紙的老頭兒，被老頭兒連殺三天而僅贏一盤。呆子就執意要替老頭兒去撕大字報紙，不要老頭兒勞動。不料有一天撕了某造反團剛貼的「檄文」，被人拿獲，又被這造反團栽誣於對立派，說對方「施陰謀，弄詭計」，必討之，而且是可忍，孰不可忍！對立派又陰使人偷出呆子，用了呆子的名義，對先前的造反團反戈一擊。一時呆子的大名「王一生」貼得滿街都是，許多外省來取經的革命戰士許久才明白王一生原來是個棋呆子，就有人請了去外省會一些江湖名手。交手之後，各有勝負，不過呆子的棋據說是越下越精了。只可惜全國忙於革命，否則呆子不知會有什麼造就。

這時，我旁邊的人也明白對手是王一生，連說不下了。王一生便很沮喪。我說：「你妹妹來送你，你也不知道和家裡人說說話兒，倒拉著我下棋！」王一生看著我說：「你哪兒知道我們這些人是怎麼回事兒！你們這些人好日子過慣了，世上不明白的事兒多著呢！你家父母大約是捨不得你走了？」我怔了怔，看著手說：「哪兒來父母，都死球了。」我的同學就添油加醋地敘了我一番，我有些不耐煩，說：「我家死人，你倒有了故事了。」王一生想了想，對我說：「那你這兩年靠什麼活著？」我說：「混一天算一天。」王一生就看定了我問：「怎麼混？」我不答。呆了一會兒，王一生嘆一聲，說：「混可不易。一天不吃飯，棋路都亂。不管怎麼說，你父母在時，你家日子還好過。」我不服氣，說：「你父母在，當然要說風涼話。」我的同學見話不投機，就岔開說：「呆子，這裡沒有你的對手，走，和我們打牌去吧。」呆子笑一笑，說：「牌算什麼，瞌睡著也能贏你們。」我旁邊兒的人說：「據說你下棋可以不吃飯？」我說：「人一迷上什麼，吃飯倒是不重要的事。大約能幹出什麼事兒的人，總免不了有這種傻事。」王一生想一想，又搖搖頭，說：「我可不是這樣。」說完就去看窗外。

一路下去，慢慢發覺我和王一生之間，既開始有互相的信任和基於經驗的同情，又有各自的疑問。他總是問我與他認識之前是怎麼生活的，尤其是父母死後的兩年是怎麼混的。我大略地告訴了他，可他又特別在一些細節上詳細地打聽，主要是關於吃。例如講到有一次我一天沒有吃到東西，他就問：「一點兒也沒吃到嗎？」我說：「一點兒也沒有。」他又問：「那你後來吃到東西是在什麼時候？」我說：「後來碰到一個同學，他要用書包裝很多東西，就把書包翻倒過來騰乾淨，裡面有一個乾饅頭，掉在桌上就碎了。我一邊兒和他說話，一邊兒就把這些碎饅頭吃下去。

不過，說老實話，乾燒餅比乾饅頭解飽得多，而且頂時候兒。」他同意我關於乾燒餅的見解，可馬上又問：「我是說，你吃到這個乾饅頭的時候是幾點？過了當天夜裡十二點嗎？」我說：「噢，不。是晚上十點吧。」他又問：「那第二天你吃了什麼？」講老實話，我不太願意複述這些事情，尤其是細節。我說：「當天晚上我睡在那個同學家。第二天早上，同學買了兩個油餅，我吃了一個。上午我隨他去跑一些事，中午他請我在街上吃。晚上嘛，我不好意思再在他那兒吃，可另一個同學來了，知道我沒什麼著落，硬拉了我去他家，當然吃得還可以。怎麼樣？還有什麼不清楚？」他笑了，說：「你才不是你剛才說的什麼『一天沒吃東西』，你十二點以前吃了一個饅頭，沒有超過二十四小時。更何況第二天你的伙食水平不低，平均下來，你兩天的熱量還是可以的。」我說：「你恐怕還是有些呆！要知道，人吃飯，不但是肚子的需要，而且是一種精神需要。不知道下一頓在什麼地方，人就特別想到吃，而且，餓得快。」他說：「你家道尚好的時候，有這種精神壓力嗎？有，也只不過是想好上再好，那是饞。饞是你們這些人的特點。」我承認他說得有些道理，禁不住問他：「你總在說你們、你們，可你算什麼人？」他迅速看著其他地方，只是不看我，說：「我當然不同了。我主要是對吃要求得比較實在。唉，不說這些了，你真的不喜歡下棋？何以解憂？唯有象棋。」我瞧著他說：「你有什麼憂？」他仍然不看我，「沒有什麼憂，沒有。『憂』這玩意兒，是他媽文人的佐料兒。我們這種人，沒有什麼憂，頂多有些不痛快。何以解不痛快？唯有象棋。」

我看他對吃很感興趣，就注意他吃的時候。列車上給我們這幾節知青車廂送飯時，他若心思不在下棋上，就稍稍有些不安。聽見前面大家拿飯時鋁盒的碰撞聲，他常常閉上眼，嘴巴緊緊收著，倒好像有些噁心。拿到飯後，馬上就開始吃，吃得很快，喉節一縮一縮的，臉上繃滿了筋。常常突然停下來，很小心地將嘴邊或下巴上的飯粒兒和湯水油花兒用整個兒食指抹進嘴裡。若飯粒兒落在衣服上，就馬上一按，拈進嘴裡。若一個沒按住，飯粒兒由衣服上掉下地，他也立刻雙腳不再移動，轉了上身找。這時候他若碰上我的目光，就放慢速度。吃完以後，他把兩隻筷子舔了，拿水把飯盒沖滿，先將上面一層油花吸淨，然後就帶著安全抵岸的神色小口小口地呷。有一次，他在下棋，左手輕輕地叩茶几，一粒乾縮了的飯粒兒也輕輕跳著。他一下注意到了，就迅速將那個乾飯粒兒放進嘴裡，腮上立刻顯出筋絡。我知道這種乾飯粒兒很容易嵌到槽牙裡，巴在那兒，舌頭是趕它不出的。果然，待了一會兒，他就伸手到嘴裡去摳。終於嚼完，和著一大股口水，「咕」地一聲兒嚥下去，喉節慢慢移下來，眼睛裡有了淚花。他對吃是虔誠的，而且很精細。有時你會可憐那些飯被他吃得一個渣兒都不剩，真有點兒慘無人道。我在火車上一直看他下棋，發現他同樣是精細的，但就有氣度得多。他常常在我們還根本看不出已是敗局時就開始重碼棋子，說：「再來一盤吧。」有的人不服輸，非要下完，總覺得被他那樣暗示死刑存些僥倖，他也奉陪，用四五步棋逼死對方，說：「非要聽『將』，有癮？」

我每看到他吃飯，就回想起傑克・倫敦的《熱愛生命》，終於在一次飯後他小口呷湯時講了這個故事。我因為有過飢餓的經驗，所以特別渲染了故事中的飢餓感覺。他不再喝湯，只是把飯盒端在嘴邊兒，一動不動地聽我講。我講完了，他呆了許久，凝視著飯盒裡的水，輕輕吸了一口，才很嚴肅地看著我說：「這個人是對的。他當然要把餅乾藏在褥子底下。照你講，他是對失去食物發生精神上的恐懼，是精神病？不，他有道理，太有道理了。寫書的人怎麼可以這麼理解這個人呢？傑……傑什麼？嗯，傑克・倫敦，這個小子他媽真是飽漢子不知餓漢子飢。」我馬上指出傑克・倫敦是一個如何如何的人。他說：「是呀，不管怎麼樣，像你說的，傑克・倫敦後來出了名，肯定不愁吃的，他當然會叼著根煙，寫些嘲笑飢餓的故事。」我說：「傑克・倫敦絲毫也沒有嘲笑飢餓，他是……」他不耐煩地打斷我說：「怎麼不是嘲笑？把一個特別清楚飢餓是怎麼回事兒的人寫成發了神經，我不喜歡。」我只好苦笑，不再說什麼。可是一沒人和他下棋了，他就又問我：「嗯？再講個吃的故事？其實傑克・倫敦那個故事挺好。」我有些不高興地說：「那根本不是個吃的故事，那是一個講生命的故事。你不愧為棋呆子。」大約是我臉上有種表情，他於是不知怎麼辦才好。我心裡有一種東西升上來，我還是喜歡他的，就說：「好吧，巴爾札克的《邦斯舅舅》聽過嗎？」他搖搖頭。我就又好好兒描述一下邦斯這個老饕。不料他聽完，馬上就說：「這個故事不好，這是一個饞的故事，不是吃的故事。邦斯這個老頭兒若只是吃而不饞，不會死。我不喜歡這個故事。」他馬上意識到這最後一句話，就急忙說：「倒也不是不喜歡。不過洋人總和咱們不一樣，隔著一層。我給你講個故事吧。」我馬上感了興趣，棋呆子居然也有故事！他把身體靠得舒服一些，說：「從前哪，」笑了笑，又說：「老是他媽從前，可這個故事是我們院兒的五奶奶講的。嗯——老輩子的時候，有這麼一家子，吃喝不愁。糧食一囤一囤的，頓頓想吃多少吃多少，嘿，可美氣了。後來呢，娶了個兒媳婦。那真能幹，就沒把飯做糊過，不乾不稀，特解飽。可這媳婦，每做一頓飯，必抓出一把米藏好……」聽到這兒，我忍不住插嘴：「老掉牙的故事了，還不是後來遇了荒年，大家沒飯吃，媳婦把每日攢下的米拿出來，不但自家有了，還分給窮人？」他很驚奇地坐直了，看著我說：「你知道這個故事？可那米沒有分給別人，五奶奶沒有說分給別人。」我笑了，說：「這是教育小孩兒要節約的故事，你還拿來有滋有味兒地講，你真是呆子，這不是一個吃的故事。」他搖搖頭，說：「這太是吃的故事了，首先得有飯，才能吃，這家子有一囤一囤的糧食，可光窮吃不行，得記著斷頓兒的時候，每頓都要欠一點兒。老話兒說『半飢半飽日子長』嘛。」我想笑但沒笑出來，似乎明白了一些什麼。為了打消這種異樣的感觸，就說：「呆子，我跟你下棋吧。」他一下高興起來，緊一緊手臉，啪啪啪就把棋碼好，說：「對，說什麼吃的故事，還是下棋。下棋最好，何以解不痛快？唯有下象棋。啊？哈哈哈，你先走。」我又是當頭炮，他隨後把馬跳好。我隨便動了一個子兒，他很快地把兵移前一格兒。我並不真心下棋，心想他唸到中學，大約是讀過不少書的，就問：「你讀過曹操的《短歌行》？」他說：「什麼《短歌行》？」我說：「那你怎麼知道『何以解憂，唯有杜康』？」他愣了，問：「杜康是什麼？」我說：「杜康是一個造酒的人，後來也就代表酒，你把杜康換成象棋，倒也風趣。」他擺了一下頭，說：「啊，不是。這句話是一個老頭兒說的，我每回和他下棋，他總說這句。」我想起了傳聞中的撿爛紙的老頭兒，就問：「是撿爛紙的老頭兒嗎？」他看了我一眼，說：「不是。不過，撿爛紙的老頭兒棋下得好，我在他那兒學到不少東西。」我很感興趣地說：「這老頭兒是個什麼人？怎麼下得一手好棋還撿爛紙？」他很輕地笑了一下，說：「下棋不當飯。老頭兒要吃飯，還得撿爛紙。可不知他以前是什麼人。有一回，我抄的幾張棋譜不知怎麼找不到了，以為當垃圾倒出去了，就到垃圾站去翻。正翻著，這個老頭推著筐過來了，指著我說：『你個大小伙子，怎麼搶我的買賣？』我說不是，是找丟了的東西，他問什麼東西，我沒搭理他。可他問個不停，『錢？存摺兒？結婚帖子？』我只好說是棋譜，正說著，就找著了。他說叫他看看。

他在路燈底下挺快就看完了，說『這棋沒根哪』。我說這是以前市裡的象棋比賽。可他說，『哪兒的比賽也沒用，你瞧這，這叫棋路？狗腦子。』我心想怕是遇上異人了，就問他當怎麼走，老頭兒嘩嘩說了一通譜兒，我一聽，真的不凡，就提出要跟他下一盤。老頭讓我先說。我們倆就在垃圾站下盲棋，我是連輸五盤。老頭兒棋路猛，聽頭幾步，沒什麼，可招子真陰真狠，打閃一般，網得開，收得又緊又快。後來我們見天兒在垃圾站下盲棋，每天回去我就琢磨他的棋路，以後居然跟他平過一盤，還贏過一盤，其實贏的那盤我們一共才走了十幾步。老頭兒用鐵絲扒子敲了半天地面，嘆一聲，『你贏了。』我高興了，直說要到他那兒去看看。老頭兒白了我一眼，說，『撐的?!』告訴我明天晚上再在這兒等他。第二天我去了，見他推著筐遠遠來了。到了跟前，從筐裡取出一個小布包，遞到我手上，說這也是譜兒，讓我拿回去，看瞧得懂不。又說哪天有走不動的棋，讓我到這兒來說給他聽聽，興許他就走動了。我趕緊回到家裡，打開一看，還真他媽不懂。這是本異書，也不知是哪朝哪代的，手抄，邊邊角角兒，補了又補。上面寫的東西，不像是說象棋，好像是說另外的什麼事兒。我第二天又去找老頭兒，說我看不懂，他哈哈一笑，說他先給我說一段兒，提個醒兒。他一開說，把我嚇了一跳。原來開宗明義，是講男女的事兒，我說這是『四舊』。老頭兒嘆了，說什麼是舊？我這每天撿爛紙是不是在撿舊？可我回去把它們分門別類，賣了錢，養活自己，不是新？又說咱們中國道家講陰陽，這開篇是借男女講陰陽之氣。陰陽之氣相游相交，初不可太盛，太盛則折，折就是『折斷』的『折』。」我點點頭。「『太盛則折，太弱則瀉。』老頭兒說我的毛病是太盛。又說，若對手盛，則以柔化之。可要在化的同時，造成尅勢。柔不是弱，是容，是收，是含。含而化之，讓對手入你的勢。這勢要你造，需無為而無不為。無為即是道，也就是棋運之大不可變，你想變，就不是象棋，輸不用說了，連棋邊兒都沾不上。棋運不可悖，但每局的勢要自己造。棋運和勢既有，那可就無所不為了。玄是真玄，可細琢磨，是那麼個理兒。我說，這麼講是真提氣，可這下棋，千變萬化，怎麼才能準贏呢？老頭兒說這就是造勢的學問了。造勢妙在契機。誰也不走子兒，這棋沒法兒下。可只要對方一動，勢就可入，就可導。高手你入他很難，這就要損。損他一個子兒，損自己一個子兒，先導開，或找眼釘下，止住他的入勢，鋪排下自己的入勢。這時你萬不可死損，勢式要相機而變。勢式有相因之氣，勢套勢，小勢導開，大勢含而化之，根連根，別人就奈何不得。老頭兒說我只有套，勢不太明。套可以算出百步之遠，但無勢，不成氣候。又說我腦子好，有琢磨勁兒，後來輸我的那一盤，就是大勢已破，再下，就是玩了。老頭兒說他日子不多了，無兒無女，遇見我，就傳給我吧。我說你老人家棋道這麼好，怎麼還幹這種營生呢？老頭兒嘆了一口氣，說這棋是祖上傳下來的，但有訓——『為棋不為生』，為棋是養性，生會壞性，所以生不可太盛。又說他從小沒學過什麼謀生本事，現在想來，倒是訓壞了他。」我似乎聽明白了一些棋道，可很奇怪。就問：「棋道與生道難道有什麼不同麼？」王一生說：「我也是這麼說，而且魔症起來，問他天下大勢。老頭兒說，棋就是這麼幾個子兒，棋盤就這麼大，無非是道同勢不同，可這子兒你全能看在眼底。天下的事，不知道的太多。這每天的大字報，張張都新鮮，雖看出點道兒，可不能究底。子兒不全擺上，這棋就沒法兒下。」

我就又問那本棋譜。王一生很沮喪地說：「我每天帶在身上，反覆地看。後來你知道，我撕大字報被造反團捉住，書就被他們搜了去，說是『四舊』，給毀了，而且是當著我的面兒毀的。好在書已在我的腦子裡，不怕他們。」我就又和王一生感嘆了許久。

火車終於到了。所有的知識青年都又被用卡車運到農場。在總場，各分場的人上來領我們。我找到王一生，說：「呆子，要分手了，別忘了交情，有事兒沒事兒，互相走動。」他說當然。

## 二

這個農場在大山林裡，活計就是砍樹，燒山，挖坑，再栽樹。不栽樹的時候，就種點兒糧食。交通不便，運輸不夠，常常就買不到煤油點燈。晚上黑燈瞎火，大家湊在一起臭聊，天南地北。又因為常割資本主義尾巴，生活就清苦得很，常常一個月每人只有五錢油，吃飯鐘一敲，大家就疾跑如飛。大鍋菜是先煮後擱油，油又少，只在湯上浮幾個大花兒。落在後邊，常常就只能吃清水南瓜或清水茄子。米倒是不缺，國家供應商品糧，每人每月四十二斤。可沒油水，挖山又不是輕活，肚子就越吃越大。我倒是沒什麼，畢竟強似討吃。每月又有二十幾元工薪，家裡沒有人惦記著，又沒有找女朋友，就買了煙學抽，不料越抽越凶。

山上活兒緊時，常常累翻，就想：呆子不知怎麼幹？那麼精瘦的一個人。晚上大家閒聊，多是精神會餐。我又想，呆子的吃相可能更惡了。我父親在時，炒得一手好菜，母親都比不上他。星期天常邀了同事，專事品嘗，我自然精於此道，因此聊起來，常常是主角，說得大家個個兒腮脹，常常發一聲喊，將我按倒在地上，說像我這樣兒的人實在是禍害，不如宰了炒吃。下雨時節，大家都慌忙上山去挖筍，又到溝裡捉田雞，無奈沒有油，常常吃得胃酸。山上總要放火，野獸們都驚走了，極難打到。即使打到，野物們走慣了，沒膘，熬不得油。只把長的老鼠也捉來吃，因鼠是吃糧的，大家說鼠肉就是人肉，也算吃人吧。我又常想，呆子難道不饞？好上加好，固然是饞，其實餓時更饞。不饞，吃的本能不能發揮，也不得寄託。又想，呆子不知還下不下棋。我們分場與他們分場隔著近百里，來去一趟不容易，也就見不著。

轉眼到了夏季。有一天，我正在山上幹活兒，遠遠望見山下小路上有一個人。大家覺得影兒生，就議論是什麼人。有人說是小毛的男的吧。小毛是隊裡一個女知青，新近在外場找了一個朋友，可誰也沒見過。大家就議論可能是這個人來找小毛，於是滿山喊小毛，說她的漢子來了。小毛丟了鋤，跌跌撞撞跑過來，伸了脖子看。還沒待小毛看好，我卻認出來人是王一生——棋呆子。於是大叫，別人倒嚇了一跳，都問：「找你的？」我很得意。我們這個隊有四個省市的知青，與我同來的不多，自然他們不認識王一生。我這時正代理一個管三四個人的小組長，於是對大家說：「散了，不幹了。大家也別回去，幫我看看山上可有什麼吃的弄點兒。到鐘點兒再下山，拿到我那兒去燒。你們打了飯，都過來一起吃。」大家於是就鑽進亂草裡去尋了。

我跳著跑下山，王一生已經站住，一臉高興的樣子，遠遠地問：「你怎麼知道是我？」我到了他跟前說：「遠遠就看你呆頭呆腦，還真是你。你怎麼老也不來看我？」他跟我並排走著，說：「你也老不來看我呀！」我見他背上的汗浸出衣衫，頭髮已是一綹一綹的，一臉的灰土，只有眼睛和牙齒放光，嘴上也是一層土，乾得起皺，就說：「你怎麼摸來的？」他說：「搭一段兒車，走一段兒路，出來半個月了。」我嚇了一跳，問：「不到百里，怎麼走這麼多天？」他說：「回去細說。」

說話間已經到了溝底隊裡，場上幾隻豬跑來跑去，個個兒瘦得賽狗。還不到下班時間，冷冷清清的，只有隊上伙房隱隱傳來叮叮噹噹的聲音。

到了我的宿舍，就直進去。這裡並不鎖門，都沒有多餘的東西可拿，不必防誰。我放了盆，叫他等著，就提桶打熱水來給他洗。到了伙房，與炊事員講，我這個月的五錢油全數領出來，以後就領生菜，不再打熟菜。炊事員問：「來客了？」我說：「可不！」炊事員就打開鎖了的櫃子，舀一小匙油找了個碗盛給我，又拿了三隻長茄子，說：「明天還來打菜吧，從後天算起，方便。」我從鍋裡舀了熱水，提回宿舍。

王一生把衣裳脫了，只剩一條褲衩，呼嚕呼嚕地洗。洗完後，將髒衣服按在水裡泡著，然後一件一件搓，洗好涮好，擰乾晾在門口繩上。我說：「你還挺麻利的。」他說：「從小自己幹，慣了。幾件衣服，也不費事。」說著就在床上坐下，彎過手臂，去撓後背，肋骨一根根動著。我拿出煙來請他抽。他很老練地敲出一枝，舔了一頭兒，倒過來叼著。我先給他點了，自己也點上。他支起肩深吸進去，慢慢地吐出來，渾身盪一下，笑了，說：「真不錯。」我說：「怎麼樣？也抽上了？日子過得不錯呀。」他看看草頂，又看看在門口轉來轉去的豬，低下頭，輕輕拍著淨是綠筋的瘦腿，半晌才說：「不錯，真的不錯。還說什麼呢？糧？錢？還要什麼呢？不錯，真不錯。你怎麼樣？」他透過煙霧問我。我也感嘆了，說：「錢是不少，糧也多，沒錯兒，可沒油哇。大鍋菜吃得胃酸。主要是沒什麼玩兒的，沒書，沒電，沒電影兒。去哪兒也不容易，老在這個溝兒裡轉，悶得無聊。」他看看我，搖一下頭，說：「你們這些人哪！沒法兒說，想的淨是錦上添花。我挺知足，還要什麼呢？你呀，你就是叫書害了。你在車上給我講的兩個故事，我琢磨了，後來挺喜歡的。你不錯，讀了不少書。可是，歸到底，解決什麼呢？是呀，一個人拚命想活著，最後都神經了，後來好了，活下來了，可接著怎麼活呢？像邦斯那樣？有吃，有喝，好收藏個什麼，可有個饞的毛病，人家不請吃就活得不痛快。人要知足，頓頓飽就是福。」他不說了，看著自己的腳趾動來動去，又用後腳跟去擦另一隻腳的背，吐出一口煙，用手在腿上撣了撣。

我很後悔用油來表示我對生活的不滿意，還用書和電影兒這種可有可無的東西表示我對生活的不滿足，因為這些在他看來，實在是超出基準線之上的東西，他不會為這些煩悶。我突然覺得很洩氣，有些同意他的說法。是呀，還要什麼呢？我不是也感到挺好了嗎？不用吃了上頓惦記著下頓，床不管怎麼爛，也還是自己的，不用竄來竄去找刷夜的地方。可我常常煩悶的是什麼呢？為什麼就那麼想看看隨便什麼一本書呢？電影兒這種東西，燈一亮就全醒過來了，圖個什麼呢？可我隱隱有一種欲望在心裡，說不清楚，但我大致覺出是關於活著的什麼東西。

我問他：「你還下棋嗎？」他就像走棋那麼快地說：「當然，還用說？」我說：「是呀，你覺得一切都好，幹嘛還要下棋呢？下棋不多餘嗎？」他把煙捲兒停在半空，摸了一下臉，說：「我迷象棋。一下棋，就什麼都忘了。待在棋裡舒服。就是沒有棋盤、棋子兒，我在心裡就能下，礙誰的事兒啦？」我說：「假如有一天不讓你下棋，也不許你想走棋的事兒，你覺得怎麼樣？」他挺奇怪地看著我說：「不可能，那怎麼可能？我能在心裡下呀！還能把我腦子挖了？你淨說些不可能的事兒。」我嘆了一口氣，說：「下棋這事兒看來是不錯。看了一本兒書，你不能老在腦子裡過篇兒，老想看看新的。可棋不一樣了，自己能變著花樣兒玩。」他笑著對我說：「怎麼樣，學棋吧？咱們現在吃喝不愁了，頂多是照你說的，不夠好，又活不出個大意思來。書你哪兒找去？下棋吧，有憂下棋解。」我想了想，說：「我實在對棋不感興趣。我們隊倒有個人，據說下得不錯。」他把煙屁股使勁兒扔出門外，眼睛又放出光來：「真的？有下棋的？嘿，我真還來對了。他在哪兒？」我說：「還沒下班呢。看你急的，你不是來看我的嗎？」他雙手抱著脖子仰在我的被子上，看著自己鬆鬆的肚皮，說：「我這半年，就找不到下棋的。後來想，天下異人多得很，這野林子裡我就不信找不到個下棋下得好的。現在我請了事假，一路找人下棋，就找到你這兒來了。」我說：「你不掙錢了？怎麼活著呢？」他說：「你不知道，我妹妹在城裡分了工礦，掙錢啦，我也就不用給家寄那麼多錢了。我就想，趁這工夫兒，會會棋手。怎麼樣？你一會兒把你說的那人找來下一盤？」我說當然，心裡一動，就又問他：「你家裡到底是怎麼個情況呢？」他嘆了一口氣，望著屋頂，很久才說：「窮。困難啊！我們家三口兒人，母親死了，只有父親、妹妹和我。我父親嘛，掙得少，按平均生活費的說法兒，我們一人才不到十塊。我母親死後，父親就喝酒，而且越喝越多，手裡有倆錢兒就喝，就罵人。鄰居勸，他不是不聽，就是一把鼻涕一把淚，弄得人家也挺難過。我有一回跟我父親說，『你不喝就不行？有什麼好處呢？』他說，『你不知道酒是什麼玩意兒，它是老爺們兒的覺啊！咱們這日子挺不易，你媽去了，你們又小。我煩哪，我沒文化，這把年紀，一輩子這點子錢算是到頭兒了。你媽死的時候，囑咐了，怎麼著也要供你唸完初中再掙錢。你們讓我喝口酒，啊？對老人有什麼過不去的，下輩子算吧。』」他看了看我，又說：「不瞞你說，我母親解放前是窯子裡的。後來大概是有人看上了，做了人家的小，也算從良。有煙嗎？」我扔過一根煙給他，他點上，把菸頭兒吹得紅紅的，兩眼不錯眼珠兒地盯著，許久才說：「後來，我媽又跟人跑了。據說買她的那家欺負她，當老媽子不說，還打。後來跟的這個是什麼人，我不知道，我只知道我是我媽跟這個人生的，剛一解放，我媽跟的那個人就不見了。當時我媽懷著我，吃穿無著，就跟了我現在這個父親。我這個後爹是賣力氣的，可臨到解放的時候兒，身子骨兒不行了，又沒文化，錢就掙得少。和我媽過了以後，原指著相幫著好一點兒，可沒想到添了我妹妹後，我媽一天不如一天。那時候我才上小學，腦筋好，老師都喜歡我。可學校春遊、看電影我都不去，給家裡省一點兒是一點兒。我媽怕委屈了我，拖累著個身子，到處找活。有一回，我和我母親給印刷廠疊書頁子，是一本講象棋的書。疊好了，我媽還沒送去，我就一篇一篇對著看。不承想，就看出點兒意思來。於是有空兒就到街上看人家下棋。看了有些日子，就手癢癢，沒敢跟家裡要錢，自己用硬紙剪了一副棋，拿到學校去下。下著下著就熟了。於是又到街上和別人下。原先我看人家下得挺好，可我這一跟他們真下，還就贏了。一傢伙就下了一晚上，飯也沒吃。我媽找了來，把我打回去。唉，我媽身子弱，都打不疼我。到了家，她竟給我跪下了，說，『小祖宗，我就指望你了！你若不好好兒唸書，媽就死在這兒。』我一聽這話嚇壞了，忙說，『媽，我沒不好好兒唸書。您起來，我不下棋了。』我把我媽扶起來坐著。那天晚上，我跟我媽疊頁子，疊著疊著，就走了神兒，想著一路棋。我媽嘆一口氣說，『你也是，看不上電影兒，也不去公園，就玩兒這麼個棋。唉，下吧。可媽的話你得記著，不許玩兒瘋了。功課要是落下了，我不饒你。我和你爹都不識字兒，可我們會問老師。老師若說你功課跟不上，你再說什麼也不行。』我答應了。我怎麼會把功課落下呢？學校的算術，我跟玩兒似的。這以後，我放了學，先做功課，完了就下棋，吃完飯，就幫我媽幹活兒，一直到睡覺。因為疊頁子不用動腦筋，所以就在腦子裡走棋，有的時候，魔症了，會突然一拍書頁，喊棋步，把家裡人都嚇一跳。」我說：「怨不得你棋下得這麼好，小時候棋就都在你腦子裡呢！」他苦笑笑說：「是呀，後來老師就讓我去少年宮象棋組，說好好兒學，將來能拿大冠軍呢！可我媽說，『咱們不去什麼象棋組，要學，就學有用的本事。下棋下得好，還當飯吃了？有那點兒工夫，在學校多學點兒東西比什麼不好？你跟你們老師說，不去象棋組，要是你們老師還有沒教你的本事，你就跟老師說，你教了我，將來有大用呢。啊？專學下棋？這以前都是有錢人幹的！媽以前見過這種人，那都有身分，他們不指著下棋吃飯。媽以前待過的地方，也有女的會下棋，可要的錢也多。唉，你不知道，你不懂。下下玩兒可以，別專學，啊？』我跟老師說了，老師想了想，沒說什麼。後來老師買了一副棋送我，我拿給媽看，媽說，『唉，這是善心人哪！可你記住，先說吃，再說下棋。等你掙了錢，養活家了，愛怎麼下就怎麼下，隨你。』」我感嘆了，說：「這下兒好了，你掙錢了，你就能撒著歡兒地下了，你媽也就放心了。」王一生把腳搬上床，盤了坐，兩隻手互相捏著腕子，看著地下說：「我媽看不見我掙錢了。家裡供我唸到初一，我媽就死了。死之前，特別跟我說，『這一條街都說你棋下得好，媽信，可媽在棋上疼不了你。你在棋上怎麼出息，到底不是飯碗。媽不能看你唸完初中，跟你爹說了，再怎麼著困難，也要唸完。高中，媽打聽了，那是為上大學，咱們家用不著上大學，你爹也不行了，你妹妹還小，等你初中唸完了就掙錢，家裡就靠你了。媽要走了，一輩子也沒給你留下什麼，只撿人家的牙刷把，給你磨了一副棋。』說著，就叫我從枕頭底下拿出一個小布包來，打開一看，都是一小點兒大的子兒，磨得是光了又光，賽象牙，可上頭沒字兒。媽說，『我不識字，怕刻不對。你拿了去，自己刻吧，也算媽疼你好下棋。』我們家多困難，我沒哭過，哭管什麼呢？可看著這副沒字兒的棋，我繃不住了。」

我鼻子有些酸，就低了眼，嘆道：「唉，當母親的。」王一生不再說話，只是抽煙。

山上的人下來了，打到兩條蛇。大家見了王一生，都很客氣，問是幾分場的，那邊兒伙食怎麼樣。王一生答了，就過去摸一摸晾著的衣褲，還沒有乾。我讓他先穿我的，他說吃飯要出汗，先光著吧。大家見他很隨和，也就隨便聊起來。我自然將王一生的棋道吹了一番，以示來者不凡。大家就都說讓隊裡的高手「腳卵」來與王一生下。一個人跑去喊，不一刻，腳卵來了。腳卵是南方大城市的知識青年，個子非常高，又非常瘦。動作起來頗有些文氣，衣服總要穿得整整齊齊，有時候走在山間小路上，看到這樣一個高個兒纖塵不染，衣冠楚楚，真令人生疑。腳卵彎腰進來，很遠就伸出手來要握，王一生糊塗了一下，馬上明白了，也伸出手去，臉卻紅了。握過手，腳卵把雙手捏在一起端在肚子前面，說：「我叫倪斌，人兒倪，文武斌。因為腿長，大家叫我腳卵。卵是很粗俗的話，請不要介意，這裡的人文化水平是很低的。貴姓？」王一生比倪斌矮下去兩個頭，就仰著頭說：「我姓王，叫王一生。」倪斌說：「王一生？蠻好，蠻好，名字蠻好的。一生是哪兩個字？」王一生一直仰著脖子，說：「一二三的一，生活的生。」倪斌說：「蠻好，蠻好。」就把長臂曲著往外一擺，說：「請坐。聽說你鑽研象棋？蠻好，蠻好，象棋是很高級的文化。家父是下得很好的，有些名氣，喏，他們都知道的。我會走一點點，很愛好，不過在這裡沒有對手。你請坐。」王一生坐回床上，很尷尬地笑著，不知說什麼好。倪斌並不坐下，只把手虛放在胸前，微微向前側了一下身子，說：「對不起，我剛剛下班，還沒有梳洗，你候一下好了，我馬上就來。噢，問一下，令堂也是棋道裡的人麼？」王一生很快地搖頭，剛要說什麼，但只是喘了一口氣。倪斌說：「蠻好，蠻好。好，一會兒我再來。」我說：「腳卵洗了澡，來吃蛇肉。」倪斌一邊退出去，一邊說：「不必了，不必了。好的，好的。」大家笑起來，向外嚷：「你到底來是不來？什麼『不必了，好的』！」倪斌在門外說：「蛇肉當然是要吃的，一會兒下棋是要動腦筋的。」

大家笑著腳卵，關了門，三四個人精著屁股，上上下下地洗，互相開著身體的玩笑。王一生不知在想什麼，坐在床裡邊，讓開擦身的人。我一邊將蛇頭撕下來，一邊對王一生說：「別理腳卵，他就是這麼神神道道的一個人。」有一個人對我說：「你的這個朋友要是真有兩下子，今天有一場好殺。腳卵的父親在我們市裡，真是很有名氣哩。」另外的人說：「爹是爹，兒是兒，棋還遺傳了？」王一生說：「家傳的棋，有厲害的。幾代沉下的棋路，不可小看。一會兒下起來看吧。」說著就緊一緊手臉。我把蛇掛起來，將皮剝下，不洗，放在案板上，用竹刀把肉劃開，並不切斷，盤在一個大碗內，放進一個大鍋裡，鍋底蓄上水，叫：「洗完了沒有？我可開門了！」大家慌忙穿上短褲。我到外邊地上擺三塊土坯，中間架起柴引著，就將鍋放在土坯上，把豬吆喝遠了，說：「誰來看著？別叫豬拱了。開鍋後十分鐘端下來。」就進屋收拾茄子。

有人把臉盆洗乾淨，到伙房打了四五斤飯和一小盆清水茄子，捎回來一棵蔥和兩瓣野蒜、一小塊薑，我說還缺鹽，就又有人跑去拿來一塊，搗碎在紙上放著。

腳卵遠遠地來了，手裡抓著一個黑木盒子。我問：「腳卵，可有醬油膏？」腳卵遲疑了一下，返身回去。我又大叫：「有醋精拿點兒來！」

蛇肉到了時間，端進屋裡，掀開鍋，一大團蒸氣冒出來，大家並不縮頭，慢慢看清了，都叫一聲好。兩大條蛇肉亮晶晶地盤在碗裡，粉粉地冒鮮氣。我嗖地一下將碗端出來，吹吹手指，說：「開始準備胃液吧！」王一生也擠過來看，問：「整著怎麼吃？」我說：「蛇肉碰不得鐵，碰鐵就腥，所以不切，用筷子撕著蘸料吃。」我又將切好的茄塊兒放進鍋裡蒸。

腳卵來了，用紙包了一小塊兒醬油膏，又用一張小紙包了幾顆白色的小粒兒，我問是什麼，腳卵說：「這是草酸，去污用的，不過可以代替醋。我沒有醋精，醬油膏也沒有了，就這一點點。」我說：「湊合了。」腳卵把盒子放在床上，打開，原來是一副棋，烏木做的棋子，暗暗的發亮。字用刀刻出來，筆劃很細，卻是篆字，用金絲銀絲嵌了，古色古香。棋盤是一幅絹，中間亦是篆字：楚河漢界。大家湊過去看，腳卵就很得意，說：「這是古董，明朝的，很值錢。我來的時候，我父親給我的。以前和你們下棋，用不到這麼好的棋。今天王一生來嘛，我們好好下。」王一生大約從來沒有見過這麼精彩的棋具，很小心地摸，又緊一緊手臉。

我將醬油膏和草酸沖好水，把蔥末、薑末和蒜末投進去，叫聲：「吃起來！」大家就乒乒乓乓地盛飯，伸筷撕那蛇肉蘸料，剛入嘴嚼，紛紛嚷鮮。

我問王一生是不是有些像蟹肉，王一生一邊兒嚼著，一邊兒說：「我沒吃過螃蟹，不知道。」腳卵伸過頭去問：「你沒吃過螃蟹？怎麼會呢？」王一生也不答話，只顧吃。腳卵就放下碗筷，說：「年年中秋節，我父親就約一些名人到家裡來，吃螃蟹，下棋，品酒，作詩。都是些很高雅的人，詩做得很好的，還要互相寫在扇子上。這些扇子過多少年也是很值錢的。」大家並不理會他，只顧吃。腳卵眼看蛇肉漸少，也急忙捏起筷子來，不再說什麼。

不一刻，蛇肉吃完，只剩兩副蛇骨在碗裡。我又把蒸熟的茄塊兒端上來，放少許蒜和鹽拌了。再將鍋裡熱水倒掉，續上新水，把蛇骨放進去熬湯。大家喘一口氣，接著伸筷，不一刻，茄子也吃淨。我便把湯端上來，蛇骨已經煮散，在鍋底刷拉刷拉地響。這裡屋外常有一二處小叢的野茴香，我就拔來幾棵，揪在湯裡，立刻屋裡異香撲鼻。大家這時飯已吃淨，紛紛舀了湯在碗裡，熱熱的小口呷，不似剛才緊張，話也多起來了。

腳卵抹一抹頭髮，說：「蠻好，蠻好的。」就拿出一支煙，先讓了王一生，又自己叼了一支，煙包正待放回衣袋裡，想了想，便放在小飯桌上，擺一擺手說：「今天吃的，都是山珍，海味是吃不到了。我家裡常吃海味的，非常講究。據我父親講，我爺爺在時，專雇一個老太婆，整天就是從燕窩裡撥髒東西。燕窩這種東西，是海鳥叼來小魚小蝦，用口水黏起來的。所以裡面各種髒東西多得很，要很細心地一點一點清理，一天也就能搞清一個，再用小火慢慢地蒸。每天吃一點，對身體非常好。」王一生聽呆了，問：「一個人每天就專門是管做燕窩的？好傢伙！自己買來魚蝦，熬在一起，不等於燕窩嗎？」腳卵微微一笑，說：「要不怎麼燕窩貴呢？第一，這燕窩長在海中峭壁上，要捨命去挖。第二，這海鳥的口水是很珍貴的東西，是溫補的。因此，捨命，費工時，又是補品；能吃燕窩，也是說明家裡有錢和有身分。」大家就說這燕窩一定非常好吃。腳卵又微微一笑，說：「我吃過的，很腥。」大家就感嘆了，說費這麼多錢，吃一口腥，太划不來。

天黑下來，早升在半空的月亮漸漸亮了。我點起油燈，立刻四壁都是人影子。腳卵就說：「王一生，我們下一盤？」王一生大概還沒有從燕窩裡醒過來，聽見腳卵問，只微微點一點頭。腳卵出去了。王一生奇怪了，問：「嗯？」大家笑而不答。一會兒，腳卵又來了，穿得筆挺，身後隨來許多人，進屋都看看王一生。腳卵慢慢擺好棋，問：「你先走？」王一生說：「你吧。」大家就上上下下圍了看。

走出十多步，王一生有些不安，但也只是暗暗捻一下手指。走過三十幾步，王一生很快地說：「重擺吧。」大家奇怪，看看王一生，又看看腳卵，不知是誰贏了。腳卵微微一笑，說：「一贏不算勝。」就伸手抽一支煙點上。王一生沒有表情，默默地把棋重新碼好。兩人又走。又走到十多步，腳卵半天不動，直到把一根煙吸完，又走了幾步，腳卵慢慢地說：「再來一盤。」大家又奇怪是誰贏了，紛紛問。王一生很快地將棋碼成一個方堆，看著腳卵問：「走盲棋？」腳卵沉吟了一下，點點頭。兩人就口述棋步。好幾個人摸摸頭，摸摸脖子，說下得好沒意思，不知道誰是贏家，就有幾個人離開走出去，把油燈帶得一明一暗。

我覺出有點兒冷，就問王一生：「你不穿點衣裳？」王一生沒有理我。我感到沒有意思，就坐在床裡，看大家也是一會兒看看腳卵，一會兒看看王一生，像是瞧從來沒見過的兩個怪物。油燈下，王一生抱了雙膝，鎖骨後陷下兩個深窩，盯著油燈，時不時拍一下身上的蚊蟲。腳卵兩條長腿抵在胸口，一隻大手將整個兒臉遮了，另一隻大手飛快地將指頭捏來弄去。說了許久，腳卵放下手，很快地笑一笑，說：「我亂了，記不得。」就又擺了棋再下。不久，腳卵抬起頭，看著王一生說：「天下是你的。」抽出一支煙給王一生，又說：「你的棋是跟誰學的？」王一生也看著腳卵，說：「跟天下人。」腳卵說：「蠻好，蠻好，你的棋蠻好。」大家看出是誰贏了，都高興地鬆動起來，盯住王一生看。

腳卵把手搓來搓去，說：「我們這裡沒有會下棋的人，我的棋路生了。今天碰到你，蠻高興的，我們做個朋友。」王一生說：「將來有機會，一定見見你父親。」腳卵很高興，說：「那好，好極了，有機會一定去見見他。我不過是玩玩棋。」停了一會兒，又說：「你參加地區的比賽，沒有問題。」王一生問：「什麼比賽？」腳卵說：「咱們地區，要組織一個運動會，其中有棋類。地區管文教的書記我認得，他早年在我們市裡，與我父親認識。我到農場來，我父親給他帶過信，請他照顧。我找過他，他說我不如打籃球。我怎麼會打籃球呢？那是很野蠻的運動，要傷身體的。這次運動會，他來信告訴我，讓我爭取參加農場的棋類隊到地區比賽，贏了，調動自然好說。你棋下到這個地步，參加農場隊，不成問題。你回你們場，去報名就可以了。將來總場選拔，肯定會有你。」王一生很高興，起來把衣裳穿上，顯得更瘦，大家又聊了很久。

將近午夜，大家都散去，只剩下宿舍裡同住的四個人與王一生、腳卵。腳卵站起來，說：「我去拿些東西來吃。」大家都很興奮，等著他。一會兒，腳卵彎腰進來，把東西放在床上，擺出六顆巧克力，半袋麥乳精，紙包的一斤精白掛麵。巧克力大家都一口噘了，來回舔著嘴唇。麥乳精沖成稀稀的六碗，喝得滿屋喉嚨響。王一生笑嘻嘻地說：「世界上還有這種東西？苦甜苦甜的。」我又把火升起來，開了鍋，把麵下了，說：「可惜沒有調料。」腳卵說：「我還有醬油膏。」我說：「你不是只有一小塊兒了嗎？」腳卵不好意思地說：「咳，今天不容易，王一生來了，我再貢獻一些。」就又拿了來。

大家吃了，紛紛點起煙，打著哈欠，說沒想到腳卵還有如許存貨，藏得倒嚴實，腳卵急忙申辯這是剩下的全部了。大家吵著要去翻，王一生說：「不要鬧，人家的是人家的，從來農場存到現在，說明人家會過日子。倪斌，你說，這比賽什麼時候開始呢？」腳卵說：「起碼還有半年。」王一生不再說話。我說：「好了，休息吧。王一生，你和我睡在我的床上。腳卵，明天再聊。」大家就起身收拾床鋪，放蚊帳。我和王一生送腳卵到門口，看他高高的個子在青白的月光下遠遠去了。王一生嘆一口氣，說：「倪斌是個好人。」

王一生又待了一天，第三天早上，執意要走。腳卵穿了破衣服，捎著鋤來送。兩人握了手，倪斌說：「後會有期。」大家遠遠在山坡上招手。我送王一生出了山溝，王一生攔住，說，「回去吧。」我囑咐他，到了別的分場，有什麼困難，託人來告訴我，若回來路過，再來玩兒。王一生整了整書包帶兒，就急急地順公路走了，腳下揚起細土，衣裳晃來晃去，褲管兒前後盪著，像是沒有屁股。

三

這以後，大家沒事兒，常提起王一生，津津有味兒地回憶王一生光膀子大戰腳卵。我說了王一生如何如何不容易，腳卵說：「我父親說過的，『寒門出高士』。據我父親講，我們祖上是元朝的倪雲林。倪祖很愛乾淨，開始的時候，家裡有錢，當然是講究的。後來兵荒馬亂，家道敗了，倪祖就賣了家產，到處走，常在荒村野店投宿，很遇到一些高士。後來與一個會下棋的村野之人相識，學得一手好棋。現在大家只曉得倪雲林是元四家裡的一個，詩書畫絕佳，卻不曉得倪雲林還會下棋。倪祖後來信佛參禪，將棋煉進禪宗，自成一路。這棋只我們這一宗傳下來。王一生贏了我，不曉得他是什麼路，總歸是高手了。」大家都不知道倪雲林是什麼人，只聽腳卵神吹，將信將疑，可也認定腳卵的棋有些來路，王一生既贏了腳卵，當然更了不起。這裡的知青在城裡都是平民出身，多是寒苦的，自然更看重王一生。

將近半年，王一生不再露面。只是這裡那裡傳來消息，說有個叫王一生的，外號棋呆子，在某處與某某下棋，贏了某某。大家也很高興，即使有輸的消息，都一致否認，說王一生怎麼會輸呢？我給王一生所在的分場隊裡寫了信，也不見回音，大家就催我去一趟。我因為這樣那樣的事，加上農場知青常常鬥毆，又輸進火藥槍互相射擊，路途險惡，終於沒有去。

一天腳卵在山上對我說，他已經報名參加棋類比賽了，過兩天就去總場，問王一生可有消息？我說沒有。大家就說王一生肯定會到總場比賽，相約一起請假去總場看看。

過了兩天，隊裡的活兒稀鬆，大家就紛紛找了各種藉口請假到總場，盼著能見著王一生。我也請了假出來。

總場就在地區所在地，大家走了兩天才到。這個地區雖是省以下的行政單位，卻只有交叉的兩條街，沿街有一些商店，貨架上不是空的，即是「展品概不出售」。可是大家仍然很興奮，覺得到了繁華地界，就沿街一個館子一個館子地吃，都先只叫淨肉，一盤一盤地吞下去，拍拍肚子出來，覺得日光晃眼，竟有些肉醉，就找了一處草地，躺下來抽煙，又紛紛昏睡過去。

醒來後，大家又回到街上細細吃了一些麵食，然後到總場去。

一行人高高興興到了總場，找到文體幹事，問可有一個叫王一生的來報到。幹事翻了半天花名冊，說沒有。大家不信，拿過花名冊來七手八腳地找，真的沒有，就問幹事是不是搞漏掉了。幹事說花名冊是按各分場報上來的名字編的，都已分好號碼，編好組，只等明天開賽。大家你望望我，我望望你，搞不清是怎麼回事。我說：「找腳卵去。」腳卵在運動員們住下的草棚裡，見了他，大家就問。腳卵說：「我也奇怪呢。這裡亂糟糟的，我的號是棋類，可把我分到球類組來住，讓我今晚就參加總場聯隊訓練，說了半天也不行，還說主要靠我進球得分。」大家笑起來，說：「管他賽什麼，你們的伙食差不了。可王一生沒來太可惜了。」

直到比賽開始，也沒有見到王一生的影子。問了他們分場來的人，都說很久沒見王一生了。大家有些慌，又沒辦法，只好去看腳卵賽籃球。腳卵痛苦不堪，規矩一點兒不懂，球也抓不住，投出去總是三不沾，搶得猛一些，他就抽身出來，瞪著大眼看別人爭。文體幹事急得抓耳撓腮，大家又笑得前仰後合。每場下來，腳卵總是嚷野蠻，埋怨髒。

賽了兩天，決出總場各類運動代表隊，到地區參加地區決賽。大家看王一生還沒有影子，就都相約要回去了。腳卵要留在地區文教書記家再待一兩天，就送我們走一段。快到街口，忽然有人一指：「那不是王一生？」大家順著方向一看，真是他。王一生在街另一面急急地走來，沒有看見我們。我們一齊大叫，他猛地站住，看見我們，就橫過街向我們跑來。到了跟前，大家紛紛問他怎麼不來參加比賽？王一生很著急的樣子，說：「這半年我總請事假出來下棋，等我知道報名趕回去，分場說我表現不好，不准我出來參加比賽，連名都沒報上。我剛找了由頭兒，跑上來看看賽得怎麼樣。怎麼樣？賽得怎麼樣？」大家一疊聲兒說早賽完了，現在是參加與各縣代表隊的比賽，奪地區冠軍。王一生愣了半晌，說：「也好，奪地區冠軍必是各縣高手，看看也不賴。」我說：「你還沒吃東西吧？走，街上隨便吃點兒什麼去。」腳卵與王一生握過手，也惋惜不已。大家就又擁到一家小館兒，買了一些飯菜，邊吃邊嘆息。王一生說：「我是要看看地區的象棋大賽。你們怎麼樣？要回去了嗎？」大家都說出來的時間太長了，要回去。我說：「我再陪你一兩天吧。腳卵也在這裡。」於是又有兩三個人也說留下來再耍一耍。

腳卵就領留下的人去文教書記家，說是看看王一生還有沒有參加比賽的可能。走不多久，就到了。只見一扇小鐵門緊閉著，進去就有人問找誰，見了腳卵，不再說什麼，只讓等一下。一會兒叫進了，大家一起走進一幢大房子，只見窗台上擺了一溜兒花草，伺候得很滋潤。大大的一面牆上只一幅毛主席詩詞的掛軸兒，綾子黃黃的很淺。屋內只擺幾把藤椅，茶几上放著幾張大報與油印的簡報。不一會兒，書記出來，胖胖的，很快地與每個人握手，又叫人把簡報收走，就請大家坐下來。大家沒見過管著幾個縣的人的家，頭都轉來轉去地看。書記呆了一下，就問：「都是倪斌的同學嗎？」大家紛紛回過頭看書記，不知該誰回答。腳卵欠一欠身，說：「都是我們隊上的。這一位就是王一生。」說著用手掌向王一生一傾。書記看著王一生說：「噢，你就是王一生？好。這兩天，倪斌常提到你。怎麼樣，選到地區來賽了嗎？」王一生正想答話，倪斌馬上就說：「王一生這次有些事耽誤了，沒有報上名。現在事情辦完了，看看還能不能參加地區比賽。您看呢？」書記用胖手在扶手上輕輕拍了兩下，又輕輕用中指很慢地擦著鼻溝兒，說：「啊，是這樣。不好辦。你沒有取得縣一級的資格，不好辦。聽說你很有天才，可是沒有取得資格去參加比賽，下面要說話的，啊？」王一生低了頭，說：「我也不是要參加比賽，只是來看看。」書記說：「那是可以的，那歡迎。倪斌，你去桌上，左邊的那個桌子，上面有一份打印的比賽日程。你拿來看看，象棋類是怎麼安排的。」倪斌早一步跨進裡屋，馬上把材料拿出來，看了一下，說：「要賽三天呢！」就遞給書記。書記也不看，把它放在茶几上，揮一揮手，說：「是啊，幾個縣嘛。啊？還有什麼問題嗎？」大家都站起來，說走了。書記與離他近的人很快地握了手，說：「倪斌，你晚上來，嗯？」倪斌欠欠身說好的，就和大家一起出來。大家到了街上，舒了一口氣，說笑起來。

大家漫無目的地在街上走，講起來還要在這裡待三天，恐怕身上的錢支持不住。王一生說他可以找到睡覺的地方，人多一點恐怕還是有辦法，這樣就能不去住店，省下不少錢。倪斌不好意思地說他可以住在書記家。於是大家一起隨王一生去找住的地方。

原來王一生已經來過幾次地區，認識了一個文化館畫畫兒的，於是便帶了我們投奔這位畫家。到了文化館，一進去，就聽見遠遠有唱的，有拉的，有吹的，便猜是宣傳隊在演練。只見三四個女的，穿著藍線衣褲，胸撅得不能再高，一扭一扭地走過來，近了，並不讓路，直脖直臉地過去。我們趕緊閃在一邊兒，都有點兒臉紅。倪斌低低地說：「這幾位是地區的名角。在小地方，有她們這樣的功夫，蠻不容易的。」大家就又回過頭去看名角。

畫家住在一個小角落裡，門口雞鴨轉來轉去，沿牆擺了一溜兒各類雜物，草就在雜物中間長出來。門又被許多曬著的衣褲布單遮住。王一生領我們從衣褲中彎腰過去，叫那畫家。馬上就乒乒乓乓出來一個人，見了王一生，說：「來了？都進來吧。」畫家只是一間小屋，裡面一張小木床，到處是書、雜誌、顏色和紙筆。牆上釘滿了畫的畫兒。大家順序進去，畫家就把東西挪來挪去騰地方，大家擠著坐下，不敢再動。畫家又邁過大家出去，一會兒提來一個暖瓶，給大家倒水。大家傳著各式的缸子、碗，都有了，捧著喝。畫家也坐下來，問王一生：「參加運動會了嗎？」王一生嘆著將事情講了一遍。畫家說：「只好這樣了，要待幾天呢？」王一生就說：「正是為這事來找你。這些都是我的朋友。你看能不能找個地方，大家擠一擠睡？」畫家沉吟半晌，說：「你每次來，在我這裡擠還湊合。這麼多人，嗯——讓我看看。」他忽然眼裡放出光來，說：「文化館有個禮堂，舞台倒是很大。今天晚上為運動會的人演出，演出之後，你們就在舞台上睡，怎麼樣?今天我還可以帶你們進去看演出。電工與我很熟的，跟他說一聲，進去睡沒問題。只不過髒一些。」大家都紛紛說再好不過了。腳卵放下心的樣子，小心地站起來，說：「那好，諸位，我先走一步。」大家要站起來送，卻誰也站不起來。腳卵按住大家，連說不必了，一腳就邁出屋外。畫家說：「好大的個子!是打球的吧?」大家笑起來，講了腳卵的笑話。畫家聽了，說：「是啊，你們也都夠髒的。走，去洗洗澡，我也去。」大家就一個一個順序出去，還是碰得叮噹亂響。

原來這地區所在地，有一條江遠遠流過。大家走了許久，方才到了。江面不甚寬闊，水卻很急，近岸的地方，有一些小窪兒。四處無人，大家脫了衣褲，都很認真地洗，將畫家帶來的一塊肥皂用完。又把衣褲泡了，在石頭上抽打，擰乾後鋪在石頭上曬，除了游水的，其餘便紛紛趴在岸上曬。畫家早就洗完，坐在一邊兒，掏出個本子在畫。我發覺了，過去站在他身後看。原來他在畫我們幾個人的裸體速寫。經他這一畫，我倒發現我們這些每日在山上苦的人，卻矯健異常，不禁讚嘆起來。大家又圍過來看，屁股白白的晃來晃去。畫家說：「幹活兒的人，肌肉線條極有特點，又很分明，雖然各部份發展可能不太平衡，可真的人體，常常是這樣，變化萬端。我以前在學院畫人體，女人體居多，太往標準處靠，男人體也常靜在那裡，感覺不出肌肉滾動，越畫越死。今天真是個難得的機會。」有人說羞處不好看，畫家就在紙上用筆把說的人的羞處塗成一個疙瘩，大家就都笑起來。衣褲乾了，紛紛穿上。

這時已近傍晚，大陽垂在兩山之間，江面便金子一般滾動，岸邊石頭也如熱鐵般紅起來。有鳥兒在水面上掠來掠去，叫聲傳得很遠。對岸有人在拖長聲音吼山歌，卻不見影子，只覺聲音慢慢小了。大家都凝了神看。許久，王一生長嘆一聲，卻不說什麼。

大家又都往回走，在街上拉了畫家一起吃些東西，畫家倒好酒量。天黑了，畫家領我們到禮堂後台入口，與一個人點頭說了，招呼大家悄悄進去，縮在邊幕上看。時間到了，幕並不開，說是書記還未來。演員們都化了妝，在後台走來走去，抻一抻手腳，互相取笑著。忽然外面響動起來，我撥了幕布一看，只見書記緩緩進來，在前排坐下，周圍空著，後面黑壓壓一禮堂人。於是開演，演出甚為激烈，塵土四起。演員們在台上淚光閃閃，退下來一過邊幕，就嘻笑顏開，連說怎麼怎麼錯了。王一生倒很入戲，臉上時陰時晴，嘴一直張著，全沒有在棋盤前的鎮靜。戲一結束，王一生一個人在邊幕拍起手來，我連忙止住他，向台下望去，書記不知什麼時候已經走了，前兩排仍然空著。

大家出來，摸黑拐到畫家家裡，腳卵已在屋裡，見我們來了，就與畫家出來和大家在外面站著，畫家說：「王一生，你可以參加比賽了。」王一生問：「怎麼回事兒？」腳卵說，晚上他在書記家裡，書記跟他敘起家常，說十幾年前常去他家，見過不少字畫兒，不知運動起來，損失了沒有？腳卵說還有一些，書記就不說話了。過了一會兒書記又說，腳卵的調動大約不成問題，到地區文教部門找個位置，跟下面打個招呼，辦起來也快，讓腳卵寫信回家講一講。於是又談起字畫古董，說大家現在都不知道這些東西的價值，書記自己倒是常在心裡想著。腳卵就說，他寫信給家裡，看能不能送書記一兩幅，既然書記幫了這麼大忙，感謝是應該的。又說，自己在隊裡有一副明朝的烏木棋，極是考究，書記若是還看得上，下次帶上來。書記很高興，連說帶上來看看。又說你的朋友王一生，他倒可以和下面的人說一說，一個地區的比賽，不必那麼嚴格，舉賢不避私嘛。馬上就掛個電話，電話裡回答說，沒有問題，請書記放心，叫王一生明天就參加比賽。

大家聽了，都很高興，稱讚腳卵路道粗。王一生卻沒說話。腳卵走後，畫家帶了大家找到電工，開了禮堂後門，悄悄進去。電工說天涼了，問要不要把幕布放下來墊蓋著？大家都說好，就七手八腳爬上去摘下幕布鋪在台上。一個人走到台邊，對著空空的座位一敬禮，尖著嗓子學報幕員，說：「下一個節目──睡覺。現在開始。」大家悄悄地笑，紛紛鑽進幕布躺下了。

躺下許久，我發覺王一生還沒有睡著，就說：「睡吧，明天要參加比賽呢。」王一生在黑暗裡說：「我不賽了，沒意思。倪斌是好心，可我不想賽了。」我說：「咳，管它！你能賽棋，腳卵能調上來，一副棋算什麼？」王一生說：「那是他父親的棋呀！東西好壞不說，是個信物。我媽留給我的那副無字棋，我一直性命一樣存著，現在生活好了，媽的話，我也忘不了。倪斌怎麼就可以送人呢？」我說：「腳卵家裡有錢，一副棋算什麼呢？他家裡知道兒子活得好一些了，棋是捨得的。」王一生說：「我反正是不賽了，被人作了交易，倒像是我佔了便宜。我下得贏下不贏是我自己的事，這樣賽，被人戮脊樑骨。」不知是誰也沒睡著，大約都聽見了，咕嚕一聲：「呆子。」

## 四

第二天一早兒，大家滿身是土地起來，找水擦了擦，又約畫家到街上去吃。畫家執意不肯，正說著，腳卵來了，很高興的樣子。王一生對他說：「我不參加這個比賽。」大家呆了，腳卵問：「蠻好的，怎麼不賽了呢？省裡還下來人視察呢！」王一生說：「不賽就不賽了。」我說了說，腳卵嘆道：「書記是個文化人，蠻喜歡這些的。棋雖然是家裡傳下的，可我實在受不了農場這個罪，我只想有個乾淨的地方住一住，不要每天髒兮兮的。棋不能當飯吃的，用它通一些關節，還是值得。家裡也不很景氣，不會怪我。」畫家把雙臂抱在胸前，抬起一隻手摸了摸臉，看著天說：「倪斌，不能怪你。你沒有什麼了不得的要求。我這兩年，也常常犯糊塗，生活太具體了。幸虧我還會畫畫兒。何以解憂？唯有——唉。」王一生很驚奇地看著畫家，慢慢轉了臉對腳卵說：「倪斌，謝謝你。這次比賽決出高手，我登門去與他們下。我不參加這次比賽了。」腳卵忽然很興奮，攥起大手一頓，說：「這樣，這樣！我呢，去跟書記說一下，組織一個友誼賽。你要是贏了這次的冠軍，無疑是真正的冠軍。輸了呢，也不太失身分。」王一生呆了呆：「千萬不要跟什麼書記說，我自己找他們下。要下，就與前三名都下。」

大家也不好再說什麼，就去看各種比賽，倒也熱鬧。王一生只鑽在棋類場地外面，看各局的明棋。第三天，決出前三名。之後是發獎，又是演出，會場亂哄哄的，也聽不清誰得的是什麼獎。

腳卵讓我們在會場等著，過了不久，就領來兩個人，都是制服打扮。腳卵作了介紹，原來是象棋比賽的第二、三名。腳卵說：「這就是王一生，棋蠻厲害的，想與你們兩位高手下一下，大家也是一個互相學習的機會。」兩個人看了看王一生，問：「那怎麼不參加比賽呢？我們在這裡待了許多天，要回去了。」王一生說：「我不耽誤你們，與你們兩人同時下。」兩人互相看了看，忽然悟到，說：「盲棋？」

王一生點一點頭，兩人立刻變了態度，笑著說：「我們沒下過盲棋。」王一生說：「不要緊，你們看著明棋下。來，咱們找個地方兒。」話不知怎麼就傳了出去，立刻嚷動了，會場上各縣的人都說有一個農場的小子沒有賽著，不服氣，要同時與亞、季軍比試。百十個人把我們圍了起來，擠來擠去地看，大家覺得有了責任，便站在王一生身邊兒。王一生倒低了頭，對兩個人說：「走吧，走吧，太扎眼。」有一個人擠了進來，說：「哪個要下棋？就是你嗎？我們大爺這次是冠軍，聽說你不服氣，著我來請你。」王一生慢慢地說：「不必。你大爺要是肯下，我和你們三人同下。」眾人都轟動了，擁著往棋場走去。到了街上，百十人走成一片。行人見了，紛紛問怎麼回事，可是知青打架？待明白了，就都跟著走。走過半條街，竟有上千人跟著跑來跑去。商店裡的店員和顧客也都站出來張望。長途車路過這裡開不過，乘客們紛紛探出頭來，只見一街人頭攢動，塵土飛起多高，轟轟的，亂紙踏得嚓嚓響。一個傻子呆呆地在街中心，咿咿呀呀地唱，有人發了善心，把他拖開，傻子就依了牆根兒唱。四五條狗竄來竄去，覺得是牠們在引路打狼，汪汪叫著。

到了棋場，竟有數千人圍住，土揚在半空，許久落不下來。棋場的標語標誌早已摘除，出來一個人，見這麼多人，臉都白了。腳卵上去與他交涉，他很快地看著眾人，連連點頭兒，半天才明白是借場子用，急忙打開門，連說「可以可以」，見眾人都要進去，就急了。我們幾個，馬上到門口守住，放進腳卵、王一生和兩個得了榮譽的人。這時有一個人走出來，對我們說：「高手既然和三個人下，多我一個也不怕，我也算一個。」眾人又嚷動了，又有人報名。我不知怎麼辦好，只得進去告訴王一生。王一生咬一咬嘴說：「你們兩個怎麼樣？」那兩個人趕緊站起來，連說可以。我出去統計了，連冠軍在內，對手共是十人。腳卵說：「十不吉利的，九個人好了。」於是就九個人。冠軍總不見來，有人來報，既是下盲棋，冠軍只在家裡，命人傳棋。王一生想了想，說好吧。九個人就關在場裡，牆外一副明棋不夠用，於是有人拿來八張整開的白紙，很快地畫了格兒。又有人用硬紙剪了百十個方棋子兒，用紅黑顏色寫了，背後黏上細繩，掛在棋格兒的釘子上，風一吹，輕輕地晃成一片，街上人們也喊成一片。

人是越來越多。後來的人拚命往前擠，擠不進去，就抓住人打聽，以為是殺人的告示。婦女們也抱著孩子，遠遠圍成一片。又有許多人支了自行車，站在後架上伸脖子看，人群一擠，連著倒，喊成一團。半大的孩子們鑽來鑽去，被大人們用腿拱出去。數千人鬧鬧嚷嚷，街上像半空響著悶雷。

王一生坐在場當中一個靠背椅上，把兩手放在兩條腿上，眼睛虛望著，一頭一臉都是土，像是被傳訊的歹人。我不禁笑起來，過去給他拍一拍土。他按住我的手，我覺出他有些抖。王一生低低地說：「事情鬧大了。你們幾個朋友看好，一有動靜，一起跑。」我說：「不會。只要你贏了，什麼都好辦。爭口氣，怎麼樣？有把握嗎？九個人哪！頭三名都在這裡！」王一生沉吟了一下，說：「怕江湖的不怕朝廷的，參加過比賽的人的棋路我都看了，就不知道其他六個人會不會冒出冤家。書包你拿著，不管怎麼樣，書包不能丟。書包裡有……」王一生看了看我，「我媽的無字棋。」他的瘦臉上又乾又髒，鼻溝兒也黑了，頭髮立著，喉節一動一動的，兩眼黑得嚇人。我知道他拚了，心裡有些酸，只說：「保重！」就離了他。他一個人空空地在場中央，誰也不看，靜靜的像一塊鐵。

棋開始了。上千人不再出聲兒。只有自願服務的人一會兒緊一會兒慢地用話傳出棋步，外邊兒自願服務的人就變動著棋子兒。風吹得八張大紙嘩嘩地響，棋子兒盪來盪去。太陽斜斜地照在一切上，燒得耀眼。前幾十排的人都坐下了，仰起來看，後面的人也擠得緊緊的，一個個土眉土眼，頭髮長長短短吹得飄，再沒人動一下，似乎都要把命放在棋裡搏。

我心裡忽然有一種很古的東西湧上來，喉嚨緊緊地往上走。讀過的書，有的近了，有的遠了，模糊了。平時十分佩服的項羽、劉邦都在目瞪口呆，倒是屍橫遍野的那些黑臉士兵，從地下爬起來，啞了喉嚨，慢慢移動。一個樵夫，提了斧在野唱。忽然又彷彿見了呆子的母親，用一雙弱手一張一張地折書頁。

我不由伸手到王一生的書包裡去掏摸，捏到一個小布包兒，拽出來一看，是個舊藍斜紋布的小口袋，上面用線繡了一隻蝙蝠。布的四邊兒都用線做了圈口，針腳很是細密。取出一個棋子，確實很小，在太陽底下竟是半透明的，像是一隻眼睛，正柔和地瞧著。我把它攥在手裡。

太陽終於落下去，立刻爽快了。人們仍在看著，但議論起來。裡邊兒傳出一句王一生的棋步，外邊兒的人就嚷動一下。專有幾個人騎車為在家的冠軍傳送著棋步，大家就不太客氣，笑話起來。

我又進去，看見腳卵很高興的樣子，心裡就鬆開一些，問：「怎麼樣？我不懂棋。」腳卵抹一抹頭髮，說：「蠻好，蠻好。這種陣勢，我從來也沒見過，你想想看，九個人與他一個人下，九局連環！車輪大戰！我要寫信給我父親，把這次的棋譜都寄給他。」這時有兩個人從各自的棋盤前站起來，朝著王一生一鞠躬，說：「甘拜下風。」就捏著手出去了。王一生點點頭兒，看了他們的位置一眼。

王一生的姿勢沒有變，仍舊是雙手扶膝，眼平視著，像是望著極遠極遠的遠處，又像是盯著極近極近的近處，瘦瘦的肩挑著寬大的衣服，土沒拍乾淨，東一塊兒，西一塊兒。喉節許久才動一下。我第一次承認象棋也是運動，而且是馬拉松，是多一倍的馬拉松！我在學校時，參加過長跑，開始後的五百米，確實極累，但過了一個限度，就像不是在用腦子跑，而像一架無人駕駛的飛機，又像是一架到了高度的滑翔機，只管滑翔下去。可這象棋，始終是處在一種機敏的運動之中，兜捕對手，逼向死角，不能疏忽。我忽然擔心起王一生的身體來。這幾天，大家因為錢緊，不敢怎麼吃，晚上睡得又晚，誰也沒想到會有這麼一個場面。看著王一生穩穩地坐在那裡，我又替他賭一口氣：死頂吧！我們在山上扛木料，兩個人一根，不管路不是路，溝不是溝，也得咬牙，死活不能放手。誰若是頂不住軟了，自己傷了不說，另一個也得被木頭震得吐血。可這回是王一生一個人過溝過坎兒，我們幫不上忙。我找了點兒涼水來，悄悄走近他，在他眼前一擋，他抖了一下，眼睛刀子似的看了我一下，一會兒才認出是我，就乾乾地笑了一下。我指指水碗，他接過去，正要喝，一個局號報了棋步。他把碗高高地平端著，水紋絲兒不動。他看著碗邊兒，回報了棋步，就把碗緩緩湊到嘴邊兒。這時下一個局號又報了棋步，他把嘴定在碗邊兒，半晌，回報了棋步，才噝一口水下去，「咕」的一聲兒，聲音大得可怕，眼裡有了淚花。他把碗遞過來，眼睛望望我，有一種說不出的東西在裡面游動，嘴角兒緩緩流下一滴水，把下巴和脖子上的土沖開一道溝兒。我又把碗遞過去，他豎起手掌止住我，回到他的世界裡去了。

我出來，天已黑了。有山民打著松枝火把，有人用手電照著，黃乎乎的，一團明亮。大約是地區的各種單位下班了，人更多了，狗也在人前蹲著，看人掛動棋子，眼神淒淒的，像是在擔憂。幾個同來的隊上知青，各被人圍了打聽。不一會兒，「王一生」、「棋呆子」、「是個知青」、「棋是道家的棋」，就在人們嘴上傳。

我有些發噱，本想到人群裡說說，但又止住了，隨人們傳吧，我開始高興起來。這時牆上只有三局在下了。

忽然人群發一聲喊。我回頭一看，原來只剩了一盤，恰是與冠軍的那一盤，盤上只有不多幾個子兒。王一生的黑子兒遠遠近近地峙在對方棋營格裡，後方老帥穩穩地待著，尚有一「士」伴著，好像帝王與近侍在聊天兒，等著前方將士得勝回朝；又似乎隱隱看見有人在伺候酒宴，點起尺把長的紅蠟燭，有人在悄悄地調整管弦，單等有人跪奏捷報，鼓樂齊鳴。我的肚子拖長了音兒在響，腳下覺得軟了，就揀個地方坐下，仰頭看最後的圍獵，生怕有什麼差池。

紅子兒半天不動，大家不耐煩了，紛紛看騎車的人來沒來，嗡嗡地響成一片。忽然人群亂起來，紛紛閃開。只見一老者，精光頭皮，由旁人攙著，慢慢走出來，嘴嚼動著，上上下下看著八張定局殘子。眾人紛紛傳著，這就是本屆地區冠軍，是這個山區的一個世家後人，這次「出山」玩玩兒棋，不想就奪了頭把交椅，評了這次比賽的大勢，直嘆棋道不興。老者看完了棋，輕輕抻一抻衣衫，跺一跺土，昂了頭，由人攙進棋場。眾人都一擁而起。我急忙搶進了大門，跟在後面。只見老者進了大門，立定，往前看去。

王一生孤身一人坐在大屋子中央，瞪眼看著我們，雙手支在膝上，鐵鑄一個細樹樁，似無所見，似無所聞。高高的一盞電燈，暗暗地照在他臉上，眼睛深陷進去，黑黑的似俯視大千世界，茫茫宇宙。那生命像聚在一頭亂髮中，久久不散，又慢慢瀰漫開來，灼得人臉熱。

眾人都呆了，都不說話。外面傳了半天，眼前卻是一個瘦小黑魂，靜靜地坐著，眾人都不禁吸了一口涼氣。

半晌，老者咳嗽一下，底氣很足，十分洪亮，在屋裡盪來盪去。王一生忽然目光短了，發覺了眾人，輕輕地掙了一下，卻動不了。老者推開攙的人，向前邁了幾步，立定，雙手合在腹前摩挲了一下，朗聲叫道：「後生，老朽身有不便，不能親赴沙場。使人傳棋，實出無奈。你小小年紀，就有這般棋道，我看了，匯道禪於一爐，神機妙算，先聲有勢，後發制人，遣龍治水，氣貫陰陽，古今儒將，不過如此。老朽有幸與你接手，感觸不少，中華棋道，畢竟不頹，願與你做個忘年之交。老朽這盤棋下到這裡，權做賞玩，不知你可願意平手言和，給老朽一點面子？」

王一生再掙了一下，仍起不來。我和腳卵急忙過去，托住他的腋下，提他起來。他的腿仍然是坐著的樣子，直不了，半空懸著。我感到手裡好像只有幾斤的分量，就示意腳卵把王一生放下，用手去揉他的雙腿。大家都擁過來，老者搖頭嘆息著。腳卵用大手在王一生身上、臉上、脖子上緩緩地用力揉。半晌，王一生的身子軟下來，靠在我們手上，喉嚨嘶嘶地響著，慢慢把嘴張開，又合上，再張開，「啊啊」著。很久，才嗚嗚地說：「和了吧。」

老者很感動的樣子，說：「今晚你是不是就在我那兒歇了？養息兩天，我們談談棋？」王一生搖搖頭，輕輕地說：「不了，我還有朋友。大家一起出來的，還是大家在一起吧。我們到、到文化館去，那裡有個朋友。」畫家就在人群裡喊：「走吧，到我那裡去，我已經買好了吃的，你們幾個一起去。真不容易啊。」大家慢慢擁了我們出來，火把一圈兒照著。山民和地區的人層層圍了，爭睹棋王丰采，又都點頭兒嘆息。

我攙了王一生慢慢走，光亮一直隨著。進了文化館，到了畫家的屋子，雖然有人幫著勸散，窗上還是擠滿了人，慌得畫家急忙把一些畫兒藏了。

人漸漸散了，王一生還有些木。我忽然覺出左手還攥著那個棋子，就張了手給王一生看。王一生呆呆地盯著，似乎不認得，可喉嚨裡就有了響聲，猛然「哇」地一聲兒吐出一些黏液，嗚嗚地說：「媽，兒今天……媽——」大家都有些酸，掃了地下，打來水，勸了。王一生哭過，滯氣調理過來，有了精神，就一起吃飯。畫家竟喝得大醉，也不管大家，一個人倒在木床上睡去。電工領了我們，腳卵也跟著，一齊到禮堂台上去睡。

夜黑黑的，伸手不見五指。王一生已經睡死。我卻還似乎耳邊人聲嚷動，眼前火把通明，山民們鐵了臉，掮著柴禾在林中走，咿咿呀呀地唱。我笑起來，想：不做俗人，哪兒會知道這般樂趣？家破人亡，平了頭每日荷鋤，卻自有真人生在裡面，識到了，即是幸，即是福。衣食是本，自有人類，就是每日在忙這個。可囿在其中，終於還不太像人。倦意漸漸上來，就擁了幕布，沉沉睡去。

# 樹王

# 一

運知青的拖拉機進了山溝，終於在一小片平地中停下來。知青們正讚嘆著一路野景，這時知道是目的地，都十分興奮，紛紛跳下車來。

平地一邊有數間草房，草房前高高矮矮、老老少少站了一溜兒人，張了嘴向我們望，不大動。孩子們如魚般遠遠游動著。帶隊來的支書便不耐煩，喊道：「都來歡迎歡迎嘛！」於是走出一個矮漢子，把笑容硬在臉上，慌慌地和我們握手。女知青們伸出手去，那漢子不握，自己的手互相擦一下，只與男知青們握。我見與他握過手的人臉上都有些異樣，心裡正不明白，就輪到我了。我一邊伸出手去，說著「你好」，一邊看這個矮漢子。不料手好似被門縫狠狠擠了一下，正要失聲，矮漢子已去和另外的人握手了。男知青們要強，被這樣握過以後，都不作聲，只抽空甩一下手。

支書過來，說：「蕭疙瘩，莫握手了，去幫學生們下行李。」矮漢子便不與人握手，走到拖斗一邊，接上面遞下的行李。

知青中，李立是好讀書的人。行李中便有一隻大木箱，裡面都是他的書。這隻木箱，要四個人才移得動。大家因都是上過學的，所以便對這隻木箱有敬意，極小心地抬，嘴裡互相囑咐著：「小心！小心！」移至車廂邊，下邊只站著一個蕭疙瘩，大家於是叫：「再來三個人！」還未等另外三個人過來，那書箱卻像自己走到蕭疙瘩肩上，蕭疙瘩一隻手扶著，上身略歪，腳連著走開了。大家都呆了，提著一顆心。待蕭疙瘩走到草房前要下肩時，大家又一齊叫起來：「小心！」蕭疙瘩似無所聞，另一隻手扶上去，肩略一顛，腿屈下，雙手把書箱穩穩放在地下。

大家正說不出話，蕭疙瘩已走回車廂邊，拍一拍車板，望著歇手的知青們，略略有些疑惑。知青們回過神，慌忙推一排行李到車廂邊。蕭疙瘩一手扯一件，板著胸，腳連著提走。在省城往汽車上和在總場往拖拉機上倒換行李時，大家都累得不行，半天才完。在隊上卻不知不覺，一會兒就完了。

大家卸完行李，進到草房裡，房中一長條竹床，用十多丈長的大竹破開鋪好，床頭有一排竹笆，隔壁又是一間，分給女知青住。床原來是通過去的，合起來可各睡二十多人。大家驚嘆竹子之大，紛紛佔了位置，鋪上褥子，又各自將自己的箱子擺好。李立叫了三個人幫他把書箱放好。放好了，李立呆呆地看著書箱，說：「這個傢伙！他有多大的力氣呢？」大家也都圍過來，像是看一個怪物。這書箱漆著赭色，上面又用黃漆噴了一輪有光的太陽，「廣闊天地，大有作為」幾個字圍了半圈。有人問：「李立，是什麼珍貴的書？」李立就渾身上下摸鑰匙。

天已暗下來，大家等著開箱，並沒有覺得。這時支書捏了一隻小油燈進來，說：「都收拾好了？這裡比不得大城市，沒有電，先用這個吧。」大家這才悟過來沒有電燈，連忙感謝著支書，小心地將油燈放在一摞箱子上。李立找到鑰匙，彎下腰去開鎖。大家圍著，支書也湊近來，問：「打失東西了？」有人就介紹李立有一箱書，都是極好的。支書於是也彎下腰去看。箱蓋掀開，昏暗中書籍漫出沿口，大家紛紛拿了對著亮看。原來都是政治讀物，四卷雄文自不必說，尚有半尺厚的《列寧選集》，繁體字，青灰漆布面，翻開，字是豎排。又有很厚的《幹部必讀》、《資本論》、《馬恩選集》、全套單行本《九評》，還有各種裝璜的《毛主席語錄》與《林副主席語錄》。大家都驚嘆李立如何收得這樣齊整，簡直可以開一個圖書館。李立慢慢地說：「這都是我父母的。我來這裡，母親的一套給我，父親的一套他們還要用。老一輩仍然有一個需要學習的問題。但希望是在我們身上，未來要靠我們腳踏實地去幹。」大家都感嘆了。支書看得眼呆，卻聽不太明白，問：「看這麼多書，還要學習文件麼？」李立沉沉地說：「當然。」支書揀起一本書說：「這本是什麼？我拿去看看。」大家忍住笑，說這就是《毛澤東選集》。支書說既是毛選，他已有兩套，想拿一本新的。李立於是拿了一本什麼給他。

收拾停當，又洗刷，之後稍停下來，等隊上飯熟。門口不免圍了一群孩子，於是大家掏摸出糖果散掉。孩子們尖叫著紛紛跑回家，不一會兒又嘴裡鼓鼓地吮著繼續圍來門口，眼裡少了驚奇，多了快樂，也敢近前偎在人身邊。支書領著隊長及各種幹部進進出出地互相介紹，問長問短，糖果自然又散掉一些。大人們仔細地剝開糖紙，不吃，都給了孩子們。孩子們於是掏出嘴裡化了大半的糖粒，互相比較著顏色。

正鬧著，飯來了，擺在房前場上。月亮已從山上升出，淡著半邊，照在場上，很亮。大家在月光下盛了飯，圍著菜盆吃。不料先吃的人紛紛叫起來。我也夾了一筷子菜放進嘴裡，立刻像舌頭上著了一鞭，脹得痛，慌忙吐在碗裡對著月光看，不得要領。周圍的大人與孩子們都很高興，問：「城裡不吃辣子麼？」女知青們問：「以後都這麼辣嗎？」支書說：「狗日的！」於是討了一副筷，夾菜吃進嘴裡，嚼嚼，看看月亮，說：「不辣嘛。」女知青們半哭著說：「還不辣？」大家於是只吃飯，菜滿滿地剩著。吃完了，來人將菜端走。孩子們都跳著腳說：「明早有得肉吃了！」知青們這才覺出菜裡原來有葷腥。

吃完了飯，有錶的知青說還不到八點，屋裡又只有小油燈，不如在場裡坐坐。李立就提議來個營火晚會。支書說柴火有的是，於是喊蕭疙瘩。蕭疙瘩遠遠跑來，知道了，就去拖一個極大的樹幹來，用一個斧劈。李立要過斧來說自己劈。第一斧偏了，削下一塊皮，飛出多遠。李立吐了唾沫在手心，捏緊了斧柄掄起來。「嗨」的一聲劈下去。那斧正砍中一個杈口，卻怎麼也拔不出來。大家都擁上來要顯顯身手。斧卻像生就的，樹幹晃得亂動，就是不下來。正忙著，蕭疙瘩過來，一腳踏住樹幹，一手落在斧柄上，斧就乖乖地斜鬆下來。蕭疙瘩將斧拿在手裡，並不掄高，像切豆腐一樣，不一會兒，樹幹就分成幾條。大家看時，木質原來是扭著的。有知青指出這是庖丁解牛，另有人就說解這木牛，勁小的庖丁怕不行。蕭疙瘩又用手去掰分開的柴，山溝裡劈劈啪啪地就像放爆竹。有掰不動的，蕭疙瘩就捏住一頭在地上摔斷。一個丈長的彎樹，不一刻就架成一堆。李立去屋裡尋紙來引。蕭疙瘩卻摸出火柴，蹲下，劃著，伸到柴堆裡去點。初時只有一寸的火苗，後來就像有風，躥成一尺。待李立尋來紙，柴已燃得劈啪作響。大家都很高興，一個人便去撥火。不料一動，柴就塌下來，火眼看要滅，女知青們一迭聲地埋怨。蕭疙瘩仍不說話，用一根長柴伸進去輕輕一挑，火又躥起來。

我說：「老蕭，來，一起坐。」蕭疙瘩有些不好意思，說：「你們耍。」那聲音形容不出，因為他不再說話，只慢慢走開，我竟覺得他沒有說過那三個字。

支書說：「蕭疙瘩，莫要忘記明天多四十個人吃飯。」蕭疙瘩不說話，不遠不近地蹲到場邊一個土坡上，火照不到他，只月光勾出他小小的一圈。

火越來越大。有火星不斷歪曲著升上去，熱氣灼得人臉緊，又將對面的臉晃得陌生。大家望著，都有些異樣。李立站起來，說：「戰鬥的生活就要開始了，唱起歌來迎接它吧。」我突然覺得，走了這麼久的路來到這裡，絕不是在學校時的下鄉勞動，但來臨的生活是什麼也不知道。大火令我生出無限的幻想與神秘，我不禁站起來想在月光下走開，看看這個生產隊的範圍。

大家以為我站起來是要唱歌，都望著我。我忽然明白了，窘迫中想了一個理由：「廁所在哪兒？」大家哄笑起來。支書指了一個地方，我就真的走過去，經過蕭疙瘩身邊。

蕭疙瘩望望我，說：「屙尿？」我點點頭，蕭疙瘩就站起來在我前面走。望著他小小的身影，真搞不清怎麼會是他劈了一大堆柴並且升起一大堆火。正想著，就到了生產隊盡頭。蕭疙瘩指一指一棟小草房，說：「左首。」我哪裡有尿？就站住腳向山上望去。

生產隊就在大山縫腳下，從站的地方望上去，森森的林子似乎要壓下來，月光下只覺得如同鬼魅。我問：「這是原始森林嗎？」蕭疙瘩望望我，說：「不屙尿？」我說：「看看。這森林很古老嗎？」蕭疙瘩忽然很警覺的樣子，聽了一下，說：「麂子。」我這時才覺到遠遠有短促的叫聲，於是有些緊張，就問：「有老虎嗎？」蕭疙瘩用手在肚子上勾一勾，說：「虎？不有的。有熊，有豹，有野豬，有野牛。」

我說：「有蛇嗎？」蕭疙瘩不再聽那叫聲，蹲下了，說：「蛇？多得很。有野雞，有竹鼠，有馬鹿，有麝貓。多得很。」我說：「啊，這麼多動物，打來吃嘛。」蕭疙瘩又站起來，回頭望望遠處場上的火光，竟嘆了一口氣，說：「快不有了，快不有了。」我奇怪了，問：「為什麼呢？」蕭疙瘩不看我，搓一搓手，問：「他們唱哪樣？」我這時聽出遠處火堆那裡傳來女知青的重唱。幾句過後，就對蕭疙瘩說：「這是唱我們划船，就是在水上划小船。」蕭疙瘩說：「捉魚麼？」我笑了，說：「不捉魚，玩兒。」蕭疙瘩忽然在月光下看定了我，問：「你們是接到命令到這裡砍樹麼？」我思索了一下，說：「不。是接受貧下中農再教育，建設祖國，保衛祖國，改變一窮二白。」蕭疙瘩說：「那為哪樣要砍樹呢？」我們在來的時候大約知道了要幹的活計，我於是說：「把沒用的樹砍掉，種上有用的樹。樹好砍嗎？」蕭疙瘩低了頭，說：「樹又不會躲哪個。」向前走了幾步，嘩嘩撒了一泡尿，問我：「不屙尿？」我搖搖頭，隨他走回去。營火晚會進行到很晚，露氣降下來，柴也只剩下紅炭，大家才去睡覺。夜裡有人翻身，竹床便浪一樣滾，大家時時醒來，斷斷續續鬧了一夜。

## 二

第二天一早，我們爬起來，洗臉，刷牙，又紛紛拿了碗，用匙兒和筷子敲著，準備吃飯。這時司務長來了，一人發給一張飯卡，上面油印了一個月口糧的各種兩數，告訴我們吃多少，炊事員就劃掉多少。大家都知道這張紙是珍貴的了，就很小心地收在兜裡。司務長又介紹最好將飯卡黏在一張硬紙上，不易損壞。大家於是又紛紛找硬紙，找膠水，貼好，之後到伙房去打飯吃。菜仍舊辣，於是仍舊只吃飯。隊上的人都高高興興地將菜打回去。有人派孩子來打，於是孩子們一邊撥拉著菜裡的肉吃，一邊走。

飯吃好了，隊長來發鋤，發刀。大家把工具在手上舞弄著，恨不能馬上到山上幹起來。隊長笑著說：「今天先不幹活，先上山看看。」大家於是跟了隊長向山上走去。

原來這山並不是隨便從什麼地方就可以上去的。隊長領著大家在山根沿一條小道橫走著，遠遠見到一片菜地，一地零零落落的洋白菜，灰綠的葉子支張著，葉上有大小不等的窟窿。大家正評論著這菜長得如此難看，就見蕭疙瘩從菜地裡出來，捏一把刀。隊長說：「老蕭。」蕭疙瘩問：「上山麼？」隊長說：「帶學生們上山看看。」蕭疙瘩對大家看看，就蹲下去用刀砍洋白菜的葉子。幾刀過後，外面的葉子落淨，手上只剩一個球大的疙瘩，很嫩的樣子。蕭疙瘩又將落在地上的葉子拾在一起，放進一隻筐裡。有個知青很老練的氣度，說：「這是餵豬的。」隊長說：「餵豬？這是好東西。拿來漬酸菜，下得飯。」大家不安了，都說髒。蕭疙瘩不說話，仍舊在弄他的。隊長說：「老蕭，到山上轉轉？」蕭疙瘩仍不說話，仍在弄他的。隊長也不再說，領了我們走。

山上原來極難走。樹、草、藤都摻在一起，要時時用刀砍斷攔路的東西，蹚了深草走。女知青們怕有蛇，極小心地賊一樣走。男知青們要顯頑勇，劈劈啪啪地什麼都砍一下，初時興奮不覺得，漸漸就悶熱起來。又覺得飛蟲極多，手揮來揮去地趕，像染了神經病。隊長說：「莫亂砍，蟲子就不多。」大家於是又都不砍，喘著氣鑽來鑽去地走。走了約一個多鐘頭，隊長站下來，大家喘著氣四下一望，原來已經到了山頂。溝裡隊上的草房微小如豆，又認出其中的伙房，有煙氣扭動著浮上去，漸漸淡沒。遠處的山只剩了顏色，藍藍的顛簸著伸展，一層淺著一層。大家呆呆地喘氣，紛紛張著嘴，卻說不出話。我忽然覺得這山像人腦的溝迴，只不知其中思想著什麼。又想，一個國家若都是山，那實際的面積比只有平原要多很多。常說夜郎自大，那夜郎踞在川貴山地，自大，恐怕有幾何上的道理。

隊長說：「你們來了，人手多。農場今年要開萬畝山地，都種上有用的樹。」說著用手一指對面的一座山。大家這時才看出那山上只有深草，樹已沒有。細細辨認，才覺出有無數細樹，層層排排地種了一山，只那山頂上，有一株獨獨的大樹。李立問：「這些山，」用手一劃，「都種上有用的樹嗎？」隊長說是。李立反叉了腰，深深地吸一口氣，說：「偉大。改造中國，偉大。」大家都同意著。隊長又說：「咱們站的這座山，把樹放倒，燒一把火，挖上梯田帶，再挖穴，種上有用的樹。農場的活嘛，就是幹這個。」有一個人指了對面山上那棵大樹，問：「為什麼那棵樹不砍倒？」隊長看了看，說：「砍不得。」大家紛紛問為什麼。隊長拍落臉上的一隻什麼蟲，說：「這樹成了精了。哪個砍哪個要糟。」大家又問怎麼糟？隊長說：「死。」大家笑起來，都說怎麼會。隊長說：「咋個不會？我們在這裡多少年了，凡是這種樹精，連樹王都不砍，別人就更不敢砍了。」大家又都笑說怎麼會有成精的樹？又有樹王？李立說：「迷信。植物的生長，新陳代謝，自然規律。太大了，太老了，人就迷信為精。隊長，從來沒有人試著砍過嗎？」隊長說：「砍那座山的時候，我砍過。可砍了幾刀，就渾身不自在。樹王說，不能砍，就不敢再砍了。」大家問：「誰是樹王？」隊長忽然遲疑了，說：「啊，樹王，樹王麼——啊，樹——」用手撓一撓頭，又說：「走吧，下山去。大家知道了，以後就幹了。」大家不走，逼著問樹王是誰。隊長很後悔的樣子，一邊走，一邊說：「唉，莫提，莫提。」大家想那人大約是反革命之類的人，在城裡這類人也是不太好提的。李立說：「肯定是搞迷信活動。農場的工人覺悟就這麼低？他說不能砍就不砍了？」隊長不再說話，默默地一直下到山底。

到了隊上，大家不免又看那棵樹，都很納悶。聽說下午是整理內務，幾個人吃了午飯就相約爬上去看一看。

中午的太陽極辣。山上的草葉都有些垂捲，遠遠近近似乎有爆裂的聲音。吃了午飯，大家看準了一條路，只管爬上去。

正彎腰抬腿地昏走，忽然見一個小娃赤著腳，黑黑的肩脊，閃著汗亮，掄了一柄小鋤在挖什麼。大家站住腳，喘著氣問：「挖什麼？」小娃把鋤拄在手下，說：「山藥。」李立用手比了一個圓形，問：「土豆兒？」小娃眼睛一細，笑著說：「山藥就是山藥。」有一個人問：「能吃嗎？」小娃說：「吃得。粉得很。」大家就圍過去看。只見斜坡已被小娃刨開一道窄溝，未見有什麼東西。小娃見我們疑惑，就打開地上一件團著的衣服，只見有扁長的柱形數塊，黃黃的，斷口極白。小娃說：「你們吃。」大家都掐了一點在嘴裡，很滑，沒有什麼味兒，於是互相說意思不大。小娃笑了，說要蒸熟才更好吃。我們歇過來了，就問：「到山頂上怎麼走？」小娃說：「一直走。」李立說：「小朋友，帶我們去。」小娃說：「我還要挖。」想了想，又說：「好走得很嘛，走。」說著就將包山藥的衣服提著，掮了鋤沿路走上去。

小娃走得飛快，引得我們好苦，全無東瞧西看的興致，似乎只是為了走路。不一刻，汗淌到眼睛裡，殺得很。汗又將衣衫捉到背上，褲子也吸在腿上。正堅持不住，只聽得小娃在上面喊：「可是要到這裡？」大家拚命緊上幾步，方知到了。

大家四下一看，不免一驚。早上遠遠望見的那棵獨獨的樹，原來竟是百米高的一擎天傘。枝枝杈杈蔓延開去，遮住一畝大小的地方。大家呆呆地慢慢移上前去，用手摸一摸樹幹。樹皮一點不老，指甲便劃得出嫩綠，手摸上去又溫溫的似乎一跳一跳，令人疑心這樹有脈。李立圍樹走了一圈，忽然狂喊一聲：「樹王就是它，不是人！」大家張了嘴，又抬頭望樹上。樹葉密密層層，風吹來，先是一邊晃動，慢慢才動到另一邊。葉間閃出一些空隙，天在其中藍得發黑。又有陽光滲下無數斑點，似萬隻眼睛在眨。

我生平從未見過這樣大的樹，一時竟腦子空空如洗，慢慢就羞悔枉生一張嘴，說不得唱不得，倘若發音，必如野獸一般。

許久，大家才很異樣地互相看看，都只嚥下一口什麼，慢慢走動起來。

那小娃一直揹著鋤四下望著，這時忽然伸開細細的胳膊，回頭看了我們一下，眼裡閃出光來。大家正不明白，只見他慢慢將鋤捏在手裡，脊背收成窄窄的一條，一下將鋤死命地丟出去。那鋤在空中翻滾了幾下，遠遠落在草裡，草裡就躥出黃黃的一條，平平地飄走。大家一齊「呀」地喊起來，原來是一隻小鹿。

小鹿跑到山頂盡頭，倏地停住，將頭回轉來，一隻耳朵微微擺一擺。身子如印在那裡，一動不動。大家回過神來，又發一聲喊，剛要抬腳，那小鹿卻將短尾一平，碎著蹄腳移動幾步，又一探頭頸，黃光一閃，如夢般不見了。

小娃笑著去草裡尋鋤。大家說：「你怎麼會打得著鹿？」小娃說：「這是麂子嘛，不是馬鹿。」我想起昨晚的叫聲，原來就是這種東西發出來的，就說：「這傢伙叫起來很怪。」大家不信，問我怎麼會知道。我說：「昨天晚上我就聽見了，蕭疙瘩說是麂子叫。」小娃很嚴肅地說：「我爹說是麂子叫，就是麂子叫。這山裡還有一種叫聲：咕、嘎。這是蛤蚧，肉好吃得很。」大家明白這原來是蕭疙瘩的小孩。我不由得問：「你叫什麼？」小娃將身體擺了一下，把一隻手背過去，很壞的樣子瞇起一隻眼睛，說：「蕭六爪。」大家正不明白是哪幾個字，我卻明白了：「六指。把手拿來看看。」蕭六爪遲疑了一下，又很無所謂的樣子把手伸出來，手背朝上，大家一看，果然在小指旁邊還長出一隻指頭，蕭六爪將那個小指頭立起來獨獨地轉了一圈，又捏起拳頭，只剩下第六個指頭，伸到鼻子裡掏，再拽出來，飛快地彈一下。一個人不由得閃了一下，大家都笑起來。蕭六爪很驕傲的樣子，說：「我這個指頭好得很，不是殘廢，打起草排來比別人快。」大家不明白什麼打草排，蕭六爪很老練的樣子，說：「將來你們也要打，草房頂要換呢。」

我拍拍六爪的頭，說：「你爸爸力氣很大。」六爪把兩條細腿叉開，渾身扭一下，說：「我爹當過兵，偵察兵，去過外國。我爹說：外國跟這裡一樣，也是山，山上也是樹。」我心裡估摸了一下，問：「去朝鮮？」六爪愣了一下，搖搖頭，用手一指，說：「那邊。」大家都早知道這裡不遠就是國境，不免張望起來。可除了山，還是山，看不出名堂。

大家慢慢往回走，又回頭望望樹王。樹王靜靜地立在山頂，像是自言自語，又像是逗著百十個孩子，葉子嘩嘩地響。李立忽然站住了，說：「這棵樹要佔多少地啊！它把陽光都遮住了，種的樹還會長嗎？」大家都悟過來這個道理，但不明白他為什麼說這個。一個人說：「樹王嘛。」李立不再說什麼，隨大家一齊下山。

# 三

第三天，大家便開始上山幹活。活計自然是砍樹。千百年沒人動過這原始森林，於是整個森林長成一團。樹都互相躲讓著，又都互相爭奪著，從上到下，無有閒處。藤子從這棵樹爬到那棵樹，就像愛串門子的婦女，形象卻如老嫗。草極盛，年年枯萎後，積一層厚殼，新草又破殼而出。一腳踏下去，「噗」地一聲，有時深了，有時淺了。樹極難砍。明明斷了，斜溜下去，卻不倒，不是叫藤扯著，就是被近旁的樹架住。一架大山，百多號人，整整砍了一個多月，還沒弄出個眉目來。這期間，農場不斷有命令下來，傳達著精神，要求不怕苦、不怕死，多幹快幹。各分場，各生產隊又不斷有挑應戰。成績天天上報，再天天公布出來，慢慢就比出幾位英雄好漢，令大家敬仰。這其中只有一個知青，即是李立。

李立原並不十分強壯，卻有一股狠勁兒，是別人比不得的。開始大家都不太會幹，一個鐘頭後就常常擦汗，擦的時間漸漸長久，於是不免東張西望，並發現許多比砍樹更有趣的事情。例如有雲飄過，大家就一動不動地看陰影在山上移動；又有野雉拖一條長尾怏怏地飛走，大家就在心中比較著牠與家雞的味道；更有蛇被發現，大家圍著打；還常常尋到一些異果，初時誰也不敢吃，於是必有人擔起神農的責任，眾目睽睽之下，鎮靜地慢慢嚼，大家在緊張中嚥下口水。但所有這些均與李立無關。李立只是捨命地砍，僅在樹倒時望望天。有人見李立如此認真，便不好意思，就好好去幹，將興趣藏起。

我慢慢終於會砍山上的一切。以我的知識，以為砍樹必斧無疑，初時對用刀尚不以為然，後來才明白，假若山上只有樹，斧當然極方便。但斧如何砍得草？隊上發的刀，約有六、七斤重，用來砍樹，用力便砍得進；用來砍藤，一刀即斷；用來砍草，只消平掄了一排涮過去。在城裡時，父親好廚，他常指點我：若做得好菜，一要刀，二要火。他又常常親自磨刀，之後立起刃來微微動著看，刃上無亮線即是鋒利了。這樣的刀可切極薄的肉與極細的菜絲。有父親的同事來做饗客，熱心的就來幫廚，總是被割去指甲還不知道，待白菜滲紅，才感嘆著離開。後來磨刀的事自然落在我身上，竟使我磨刀成癖。又學了書上，將頭髮放在刃上吹，總也不斷，才知道增加吹的力量，也是一種功夫。隊上發刀的頭一天，我便用了三個鐘頭將刀磨得鋒快。人有利器，易起殺心。上到山上，逢物便砍，自覺英雄無比。只是一到砍樹，刃常常損缺。

在山上砍到一個多月，便有些油起來，活自然會幹，更會的是休息。休息時常常遠望，總能望到樹王，於是不免與大家一起議論若滿山是樹時，樹王如何放倒。方案百出，卻不料終於也要砍到這樣一棵大樹。

這棵大樹也像樹王立在山頂，初時不顯，待慢慢由山下砍上來而只剩山頂時，它便顯出大來。但我發現，老職工們開始轉移到山的另一面幹活去了，不再在這裡砍。知青們慢慢也都發覺，議論起來，認為是工時的原因。

這裡每天砍山，下工前便由文書用皮尺丈量每人砍了多少面積，所報的成績，便是這個內容。按理來說，樹越大，所佔的面積越大，但樹大到一定程度，砍倒所費的工時便與面積不成比例。有經驗的人，就藉了各種原因，避開大樹，去砍樹冠大而樹幹細的樹。眼看終於要砍這棵大樹了，許多人就只去掃清外圍。

這天，大家又上到山上，先紛紛坐下喘氣休息，正閒聊間，李立站起來，捏了刀在手裡，慢慢走近那棵大樹，大家都不說話，只見李立圍樹走了一圈，把手拳在嘴前，看定了一個地方，舉起刀，又抬頭望望，重新選了一個地方，一刀砍下去。大家明白了，鬆了一口氣，紛紛站起來，也走到大樹近旁，看李立砍。

若要砍粗的樹倒，便要破一個三角進去。樹越粗，三角越大。李立要砍的這棵大樹，上刀與下刀的距離，便有一公尺半的樣子。有知青算了，若要樹倒，總要砍出一立方的木頭，而且大約要四天。大家興致來了，都說合力來砍，不去計較工時，又公推由我負責磨刀，我自然答應下來，於是扛了四把砍刀，返身下山，回到隊上。

狠狠地磨了三把刀，已近中午。正在磨第四把，忽然覺得有影子罩住我。抬頭看時，是蕭疙瘩雙手抱了肩膀立在一邊。見我停下，他彎下身去拾起一把磨好的刀，將右手拇指在鋒上慢慢移一下，又端槍一樣將刀平著瞄一瞄，點一點頭，蹲下來，看看石頭，問：「你會磨刀？」我自然得意，也將手中的刀舉起微微晃一晃，說：「湊合。」蕭疙瘩不說話，拿起一把磨好的刀，看到近旁有一截樹樁，走過去，雙手將刀略略一舉，嗖地一下砍進去，又將右肩縮緊，刀便拔出來。蕭疙瘩舉起刀看一看刃，又只用右手一掄，刀便又砍進樹樁，他鬆了手，招呼我說：「你拔下來看刃。」我有些不解，但還是過去用雙手將刀拔出。看刃時，吃了一驚，原來刃口小有損缺。蕭疙瘩將手掌伸直，說：「直直地砍進去，直直地拔出來，刃便不會缺。這刀的鋼火脆，你用力歪了，刃便會缺，於是要再磨。這等於是不會磨刀。」我有些不舒服，便說：「蕭疙瘩，你什麼時候剃鬍子？」蕭疙瘩不由摸摸下巴，說：「早呢。」我說：「這四把刀任你拿一把，若刮鬍子痛了，我這左手由你切了去。右手嘛，我還要寫字。」蕭疙瘩用眼睛笑笑，撩一些水在石頭面，拿一把刀來磨，只十幾下，便用手將刀上的水抹去，又提刀走到樹樁前面，招呼我說：「你在這裡砍上一刀。」說著用手在剛才砍的地方下面半尺左右處一比。我走過去，接過刀，用力砍一下，不料刀剛一停，半尺長的一塊木片便飛起來，在空中翻了一個筋斗，白晃晃地落在地上。自砍樹以來，我從來沒有兩刀便能砍下這麼大一塊木頭，高興了，又兩刀砍下一大塊來。蕭疙瘩摩一摩手，說：「你望一下刃。」我將刀舉到眼前，刃無損缺，卻發現刃的一側被磨了不寬的一個面。我有些省悟，便點點頭。蕭疙瘩又將雙手伸直合在一起，說：「薄薄的刃，當然快，不消說。」他再將手掌底沿連在一起，將上面分開，做成角形，說：「角子砍進去，向兩邊擠。樹片能下來，便是擠下來的。即便刀有些晃，角子刃不會損。你要剃頭嗎？刃也還是快。」我笑了，說：「痛就砍你右手。」蕭疙瘩仍用眼睛笑一笑，說：「好狠。」

我高興了，說：「我這刀切菜最好了。」蕭疙瘩說：「山上有菜嗎？」我說：「反正不管怎麼說，在快這一點上，你承認不承認我磨得好？」蕭疙瘩想一想，不說話，伸手從腰後抽出一柄不長的刀來遞給我。我拿過來，發現刀木把上還連著一條細皮繩，另一端繫在身後。我問：「刀連著繩幹什麼？」蕭疙瘩說：「你看看刃我再告訴你。」我將刀端起來一看，這刀原來是雙面刃的，一面的刃很薄，一面的刃卻像他剛才磨的樣子。整個刀被磨得如電鍍一般，刃面平平展展，我的臉映在上面，幾乎不走樣。我心下明白，刃面磨到這般寬而且平，我的功力還趕不上。再細看時，刃面上又有隱隱的一道細紋，我說：「你包了鋼了？」蕭疙瘩點點頭，說：「用彈簧鋼包的，韌得很。」我將拇指在刃上輕輕一移，有些發澀，知道刃已吃住皮，不禁讚嘆說：「老蕭，這把刀賣給我了！」於是抬頭認真地看著蕭疙瘩。蕭疙瘩又笑了，我忽然發現有些異樣。原來蕭疙瘩的上唇很緊，平時看不出來，一笑，上唇不動，只兩片臉肉扯開，慢慢將嘴唇抻得很薄。我說：「老蕭，你的嘴動過手術嗎？」蕭疙瘩還未笑完，就幾乎嘴唇不動地說：「我這嘴磕破過，動了手術，就緊了。」我說：「怎麼磕得這麼厲害？」蕭疙瘩不笑了，聲音清楚了許多，說：「爬崖頭。」我想起他當過兵，就問：「偵察？」他望望我，說：「哪個說？」我說：「六爪。」

他有些慌：「小狗日的！他還說些哪樣？」我說：「怎麼了？就說當偵察兵呀。」他想了想，看了看手，伸給我一隻，說：「苦得很，你摸摸，苦得很，大比武，苦得很。」我摸一摸蕭疙瘩的手。這手極硬，若在黑暗中觸到，認為是手的可能性極小。而且這手的指頭短而粗。蕭疙瘩將手背翻過來，指甲極小，背上的肉也如一層石殼。蕭疙瘩再將手拳起來，指關節便擠得顏色有些發淺。我推一推這拳頭，心中一顫，不敢作聲。

蕭疙瘩忽然將兩條胳膊伸直壓在腿旁，全身挺直，一動不動，下巴收緊，幾乎貼住脖子。又將腿直直地邁開向前走了兩步，一碰腳跟，立定，把下巴伸出去，聲音很怪而且短促，吼道：「是！出列！」兩隻眼睛，只有方向而無目標，吼完又將下巴貼回脖子。我木木地看著他，又見他全身一軟，額頭的光也收回去，眼睛細了，怪怪地笑著，卻非常好看，說：「怎麼樣？正規訓練！」我也興奮了，說：「訓練什麼？」蕭疙瘩將右手打在左掌上：「哪！擒拿，攀登，擊拳，射擊，用匕首。」我想像不出蕭疙瘩會將腳跳來跳去地打拳，就說：「你拳打得好？」蕭疙瘩看一下我，不說話，用左掌緊緊地推右拳，忽然蹲下去，同時將右拳平舉過肩。待完全蹲下去時的一剎那，右拳也砸在磨刀的石頭上，並不叫，站起來，指一下石頭。我一看，不由得下巴鬆了，原來這石頭斷裂成兩半。我拉過蕭疙瘩的右手，沉甸甸的在手上察看，卻不能發現痕跡。蕭疙瘩抽回手，比出食指與中指，說：「要連打二十塊。」我說：「到底是解放軍。」蕭疙瘩用手揉一下鼻子，說：「走，到我家去，另拿一塊好石頭你磨刀。」

我於是隨蕭疙瘩到他的草房去。到了，進去，房裡很暗，蕭疙瘩跪在地上探身到床底，抻出一塊方石，又探身向床底尋了一會兒，忽然大叫：「六爪！」門口的小草棚裡響動了一下，我回身一看，六爪已經赤腳躥了進來，問：「整哪樣？」蕭疙瘩跪在地上，問：「那塊青石呢？找來給叔叔磨刀。」六爪看一看我，瞇起一隻眼睛，用手招招，示意我湊近。我彎下腰，將臉移近他。他將手括在嘴上，悄悄地問：「有糖麼？」我直起身，說：「沒有了，明天去買來給你。」六爪說：「青石是明天才用麼？」我料不到他會有這個心計，正要笑，蕭疙瘩已經站起來，揚起右手，吼道：「小狗日的！找打麼？」六爪急忙跑到門口，吸一下鼻子，哼著說：「你有本事，打叔叔麼！青石我馬上拿來，叔叔明天能買來糖？去縣裡要走一天，回來又是一天，好耍的地方叔叔能只待一天？起碼四天！」蕭疙瘩又吼道：「我叫你吃嘴巴子！」六爪嗖地一下不見了。

我心裡很過意不去，便說：「老蕭，別兇孩子，我找找看誰那裡還有。」蕭疙瘩眼睛柔和了，嘆一口氣，抻一下床單，說：「坐。孩子也苦。我哪裡有錢給他買糖？再說人大了，山上能吃的東西多得很，自己找去吧。」蕭疙瘩平日不甚言語，但生產隊小，各家情況，不需多日便可明了。蕭疙瘩家有三口人，六爪之外，尚有蕭疙瘩的老婆，每月掙二十幾元。兩人每月合有七十元，三人吃喝，卻不知為什麼過得緊緊巴巴。我坐在床上，見床單邊沿薄而且透朽，細看圖案，原來是將邊沿縫拼作中間，中間換作邊沿，仍在使用。一床薄被，隱隱發黃綠的面子，是軍隊的格式；兩隻枕頭，形狀古怪，非要用心，才會悟出是由兩隻袖子紮成。屋內無桌，一個自製木箱墊了土坯，擺在牆角，除此之外，家具便只有床了。看來看去，就明白一家的財產大約都在箱中，可箱上並無鎖，又令人生疑其中沒有什麼。我說：「老蕭，你來農場幾年了？」蕭疙瘩進進出出地忙倒水，正要將一缸熱茶遞給我，聽見問，仰頭想想，短粗的手指略動動，說：「哪！九年了。」我接過缸子，吹一吹浮著的茶，水很燙，薄薄地吸一口，說：「這裡這麼多樹，為什麼不做些家具呢？」蕭疙瘩摩一摩手，轉一轉眼睛，吸了一口氣，卻沒有說話，又將氣吐出來。

這時六爪將青石搬來。蕭疙瘩將青石與方石擺在一起，又叫六爪打一些水來，從四把刀中拿出一把，先在方石上磨十幾下，看一下，又在青石上緩緩地用力磨。幾下之後，將手指放在刃上試試，在地上放好，正要再磨一把，忽然問：「磨四把整哪樣？」我將山上的事講了一遍，蕭疙瘩不再磨刀，蹲在地下，嘆了一口氣。我以為蕭疙瘩累了，便放下缸子，蹲下去將剩下的兩把刀磨好，說聲：「我上山去。」於是辭了蕭疙瘩，走出門外。六爪在門口用那隻異指挖鼻孔，輕輕叫一聲：「叔叔。」我明白他的意思，撫一下他的頭，他便很高興，鑽到門口的小草棚裡去了。

上到山上，遠遠見那棵大樹已被砍出一大塊淺處，我吆喝說：「快刀來了！」大家跑過來拿了刀走近大樹。我捏一把刀說：「看我砍。」便上一刀、下一刀地砍。我盡量擺出老練的樣子，不作拚力狀，木片一塊塊飛起來，大家都喝采。我得意了，停住刀，將刀伸給大家看，大家不明白有什麼奧秘，我說：「你們看刃，刃不缺損。你們再看，注意刃的角度。上一刀砍好，這下一刀在砍進的同時，產生兩個力，這條斜邊的力將木片擠離樹幹。這是科學。」李立將刀拿過去仔細看了，說：「有道理。我來試試。」李立一氣砍下去，大家呆呆地看。四把刀輪流換人砍，進度飛快。

到下午時，大樹居然被砍進一半。李立高興地說：「我們今天把這棵樹拿下來，創造一個紀錄！」大家都很興奮。我自報奮勇，將兩把刀帶下山去再磨。

下到山底時，遠遠望見蕭疙瘩在菜地裡，便對他喊說：「老蕭！那棵樹今天就能倒了呢！」蕭疙瘩靜靜地等我走到跟前，沒有說話。我正要再說，忽然覺出蕭疙瘩似在審視我的樣子，於是將我的興奮按下去，說：「你不信嗎？全虧了你的方法呢！」蕭疙瘩目光散掉，仍不說話，蹲下去弄菜。我走回隊裡，磨刀時，遠遠見蕭疙瘩挑一挑菜走過去。

## 四

快下工時，太陽將落入遠山，天仍舊亮，月亮卻已從另一邊升起，極大而且昏黃。隊上的其他人沿路慢慢走下山去，李立說：「你們先回吧。我把這棵樹砍倒再回去。」大家眼看大樹要倒，都說倒了再回，於是仍舊輪流砍。大樹幹上的缺口已經很大而且深了，在黃昏中似乎比天色還亮。我想不會再要好久就會完工，於是覺出有尿，便離開大家找一個方便去處。山上已然十分靜寂，而且漸生涼氣，迎著昏黃的月亮走出十多步遠，隱在草裡，正在掏，忽然心中一緊，定睛望去，草叢的另一邊分明有一個矮矮立著的人。月亮恰恰壓在那人的肩上，於是那人便被襯得很暗。我鎮定下來，一邊問是哪個，一邊走過去。

原來是蕭疙瘩。

我這才覺出，蕭疙瘩一直在菜地班，沒有到山上來過，心中不免有突兀之感。

我說：「老蕭，收工了。」蕭疙瘩轉過頭靜靜地看著我，並不說什麼。我背過他，正在撒尿，遠遠聽一陣吶喊，知道樹要倒了，便急忙跳出草叢跑去看。

大家早都閃在一邊。那大樹似蜷起一隻腳，卻還立著，不倒，也無聲息。天已暗下來，一樹的枝葉黑成一片，呆呆地靜著，傻了一般。我正納悶，就聽得啪啪兩聲，看時，樹仍靜著。又是三聲，又是一聲，樹還靜著，只是枝葉有些抖。李立向大樹走了兩步，大家都叫起來，李立便停住了。半晌，大樹毫無動靜，只那巨大的缺口像眼白一樣，似乎是一隻眼睛在暗中凝視著什麼。李立動了一下，又是近前，猛然一片斷裂聲，有如一座山在咳嗽。樹頂慢慢移動，我卻覺得天在斜，不覺將腿叉開。樹頂越移越快，葉子與細枝開始飄起來，樹咳嗽得喘不上氣來。天忽然亮了。

大家的心正隨著沉下去，不料一切又都悄無聲息。樹明明倒了，卻沒有巨大的聲響。大家似在做夢，奇怪極了，正紛紛要近前去，便聽得背後短短的一聲吼：「嗨！」

大家都回過身來，只見蕭疙瘩靜靜地立著，鬧不清是不是他剛才吼了一聲。蕭疙瘩見大家停住，便抬起腳邁草過來，不看大家，逕直向大樹走去。大家都跟上去，蕭疙瘩又猛地轉回身，豎起一隻手，大家明白有危險，又都停下來。

蕭疙瘩向大樹走去，愈近大樹，愈小心，沒有聲息。李立開始慢慢向前走，大家有些好奇而且膽怯，也慢慢向前走。

原來大樹很低地斜在那裡。細看時，才知道大樹被無數的藤纏著，藤又被周圍的樹扯住。藤從四面八方繃住大樹，抻得有如弓弦，隱隱有錚錚的響聲。猛然間，天空中一聲脆響，一根藤斷了，揚起多高，慢慢落下來。大樹晃動一下，驚得大家回身便走，遠遠停住，再回身看時，大樹又不動了，只蕭疙瘩一人在離樹很近的地方立著。大家再也不敢近前，更不敢出聲，恐怕喊動了那棵大樹，天塌地陷，傷著蕭疙瘩。

蕭疙瘩靜靜地立著，許久，無聲無息地在樹旁繞，終於在一處停下來，慢慢從腰後抽出一把刀。我明白那便是有皮繩的那柄雙面刃的刀。蕭疙瘩微微曲下右腿，上身隨之也向右傾，身體猛然一直，寒光一閃，那柄刀直飛上去，愈近高處，似乎慢了下來，還未等大家看清楚，一根藤早飛將起來，又斜斜地飄落，剛聽到「啪」

的一聲響，一座山便晃動起來。大家急忙退開去，遠遠聽得一片的斷裂聲，藤一根根飛揚起來，大樹終於著地，頃刻間又彈跳起來，再著地，再跳一下，再跳一下，慢慢在暗影裡滾動，終於停下來，一個世界不再有聲響。

大家都呆了，說不出話，看蕭疙瘩時，卻找不著。正驚慌著，只見蕭疙瘩從距原處一丈遠的地方慢慢立起來。大家發一聲喊，一擁而上，卻又被蕭疙瘩轉身短短一吼止住了。蕭疙瘩慢慢扯動皮繩，將刀從枝葉中收回來，前前後後查看著，時時手起，刀落時必有枝藤綳斷，大樹又微微動了幾下，徹底平安下來。

我忽然覺得風冷，回過神來，才覺出一身涼汗，見大家也都有些縮頭縮腦，開始有話，只是低低地說。蕭疙瘩將刀藏回身上，望一望，說：「下山吧。」便走開了。大家跟在蕭疙瘩身後，興奮起來，各有感嘆，將危險渲染起來，又互相取笑著，慢慢下山。天更暗了，月亮不再黃，青白地照過來，一山的斷樹奇奇怪怪。

蕭疙瘩沒有話，下到山下，仍沒有話。到了隊上，遠遠見蕭疙瘩家的門開著，屋內油燈的光襯出門口一個孩子，想必是六爪。蕭疙瘩慢慢走回去，門口的孩子一晃不見了。

五

大家回到屋裡，紛紛換衣洗涮，話題不離大樹。我記起六爪要的糖，便問誰還有糖。大家都說沒有，又笑我怎麼饞起來了。我不理會，隔了竹笆問隔壁的女生，卻只聽見水響，無人答話。這邊的人於是又笑我臉皮太厚。我說：「蕭疙瘩的六爪要一塊糖，我答應了，誰有誰就拿一塊，少他媽廢話！」大家一下都不作聲，慢慢又紛紛說沒有了。我很後悔在大家聚到一起時討糖。一個多月下來，大家已經嘗到苦頭，多辣的菜大家也敢吃，還嚷不夠，又嫌沒油，漬酸菜早已被女知青們做零食收著。從城裡帶來的零食很快變成金子，存有的人悄悄藏好。常常有人半夜偷偷塞一塊糖在舌底下，五分鐘蒙起頭嚥一下口水。老鼠是極機靈的生物，自然會去舔人。半夜若有誰驚叫起來並且大罵老鼠，大家便在肚裡笑，很關心地勸罵的人含一隻辣椒在嘴裡以防騷擾。我在城裡的境況不好，沒有帶來什麼奢侈食品，只好將饞嚥進肚裡，狠狠地吃伙房的飯，倒也覺得負擔小些。現在聽到大家笑我饞與臉皮厚，自覺無趣，暗暗決定請假去縣裡給六爪買糖。

洗涮完畢，大家都去伙房打飯來吃。吃完，大家紛紛坐下來，就著一盞油燈東拉西扯，幾個女生也過來閒扯。有人講起以前的電影，強調著其中高尚的愛情關係，於是又有幾個女生過來坐下聽。我正在心中算計怎麼請假，忽然覺得有人拉我一下，左右一看，李立向我點了一下頭，自己走出去。我不知是什麼事，爬起來跟出去。李立在月光下走到離草房遠些，站住，望著月亮等我。我走近了，李立不看我，說：「你真是為六爪要糖嗎？」我覺得脖子粗了一下，慢慢將肚子裡的氣吐出，臉上開始懶起來，便不開口，返身就走。李立在後面叫：「你回來。」我說：「外面有什麼意思？」李立跟上來，拉住我的手，我便覺得手中多了硬硬的兩塊。

我看看李立。李立不安了一下，說：「也不是我的。」李立平日修身極嚴，常在思索，偶爾會緊張地獨自喘息，之後噓一下，眼睛的焦點越過大家，慢慢地吐一些感想。例如「偉大就是堅定」，「堅定就是純潔」，「事業的偉大培養著偉大的人格。」大家這時都不太好意思看著他，又覺得應該嚴肅，便沉默著。女知青們尤其敬佩李立，又不知怎麼得到他的注意，有幾個便不免用天真代替嚴肅，似乎越活歲數越小。我已到了對女性感興趣的年齡，有時去討好她們，她們卻常將李立比在我上，暗示知識女性對我缺乏高尚的興趣，令我十分沮喪。於是我也常常練著沉思，確實有些收益，只是覺得累，馬腳又多。我想這糖大約是哪個女知青對他的心意，便不說什麼，轉身向遠處蕭疙瘩的草房走去。

月光照得一地慘白，到處清清楚楚，可我卻連著讓石頭絆著。近到草房，發現門口的小草棚裡有燈光，便靠近門向裡望望，卻見著六爪伏在一張小方桌上看什麼，頭與油燈湊得很近，身後生出一大片影子。影子裡模模糊糊坐著兩個人。六爪聽到動靜，睜眼向門口看來，一下認出是我，很高興地叫：「叔叔！」我邁進門，看清影子裡一個人是隊長，一個人是蕭疙瘩的老婆。隊長見是我，便站起來說：「你們在，我走了。」蕭疙瘩的老婆低低地說：「你在嘛，忙哪樣？」我說：「我來看看。」隊長不看我，嘴裡含含糊糊地說了些什麼，又慢慢扶著膝頭坐下來。我忽然覺得氣氛有些尷尬，好像走錯了地方，想想手裡的糖，就蹲下去對六爪說：「六爪，看什麼？」六爪有些不好意思，彎出小小的舌頭舔住下唇，把一本書推過來，蕭疙瘩的老婆見我蹲下，忙把她屁股下的小凳遞過來，說：「你坐，你坐。」我推讓了一下，又去辨認六爪的書。蕭疙瘩的老婆一邊讓著我，一邊慌忙在各處尋座頭，油燈搖晃起來。終於大家都坐下了，我也看出六爪的書是一本連環畫，前後翻翻，沒頭沒尾。六爪說：「你給我講。」我便仔細地讀圖畫下面的字，翻了幾頁，明白是《水滸》中宋江殺惜一段。六爪很著急地點著畫問：「這一個男的一個女的在搞哪樣？我認得，這個男的殺了這個女的，可為哪樣？」這樣的書在城裡是「四舊」，早已絕跡，不料卻在這野林中冒出一本，且被昏暗的燈照著，有如極遠的回憶。我忽然覺得革命的幾年中原來是極累的，這樣一個古老的殺人故事竟如緩緩的歌謠，令人從頭到腳鬆懈下來。正說不出話，六爪忽然瞇起一隻眼，把小手放在我的手背上，笑著說：「叔叔，你可是讓我猜你手裡是哪樣東西？」我一下明白我的手一直拳著，也笑著說：「你比老鼠還靈，不用猜。」說著就把手翻過來張開。六爪把肩聳起來，兩隻手慢慢舉起來抓，忽然又把手垂下去，握住自己的腳腕，回頭看一看他的母親。隊長和蕭疙瘩的老婆一齊看著我手中的糖，都有些笑意，但都不說話。我說：「六爪，這是給你的。」蕭疙瘩的老婆急忙對我說：「呀！你自己吃！」六爪看著我，垂下頭。我把糖啪地拍在桌上，燈火跳了一跳，說：「六爪，拿去。」六爪又看看他的母親。蕭疙瘩的老婆低低地說：「拿著吧。慢慢吃。」六爪穩穩地伸出手，把糖拿起，湊近燈火翻看，聞一聞，把一顆糖攥在左手心，小心地剝另一顆糖，右手上那隻異指翹著，微微有些顫。六爪將糖放進嘴裡，閉緊了，呆呆地望著燈火，忽然扭臉看我，眼睛亮極了。

我問六爪：「我們剛來時你吃到幾顆？」六爪一下將糖吐在紙上，說：「我爹不讓我去討別人的東西。」蕭疙瘩的老婆笑著說：「他爹的脾氣犟，不得好死。」隊長呆呆地看著六爪，嘆一口氣，站起來，說：「老蕭回來，叫他找我。」我問：「老蕭上哪兒啦？」六爪很高興地說：「我爹去打野物。打了野物，託人去縣上賣了，便有錢。」說完小心地將糖用原來的紙包好，一起攥在左手裡。蕭疙瘩的老婆一邊留著隊長，一邊送隊長出去。隊長在門口停下來，忽然問：「老蕭沒有跟你們說什麼吧？」我見隊長看著我，但不明白問的什麼意思，不自覺地搖搖頭，隊長便走了。

六爪很高興地與我說東說西，我心裡惦記著隊長的意思，失了心思，也辭了六爪與他的母親出來。

月光仍舊很亮，我不由站在場上，四下望望。目力所及的山上，樹都已翻倒，如同屍體，再沒有初來時的神秘。不知從什麼地方空空隱隱地傳來幾聲麂子叫，心裡就想，也不知蕭疙瘩聽到沒有，又想像著山上已經亂七八糟，蕭疙瘩失了熟悉的路徑，大約有些尷尬。慢慢覺得涼氣鑽到褲襠裡，便回去睡覺。

## 六

山上的樹木終於都被砍倒。每日早晨的太陽便覺得格外刺眼。隊裡的活計稀鬆下來，我於是請假去縣裡買糖塊，順便耍一耍。天還未亮，便起身趕十里山路去分場搭車。終於擠上一輛拖拉機，整整走了五個小時，方才到縣裡。一路上隨處可見斬翻樹木的山，如隨手亂剃的光頭，全不似初來時的景象。一車的人都在議論過不了半月，便可放火燒山，歷年燒山都是小打小鬧，今年一定好看。到了縣上，自然先將糖買下，忍不住吃了幾粒，不料竟似吃了鹽一般，口渴起來，便轉來轉去地找水來喝。又細細地將縣上幾家飯館吃遍，再買票看了一場電影，內容是將樣板京戲放大到銀幕上，板眼是極熟的，著名唱段總有人在座位上隨唱，忽然又覺得糖實在好吃，免不了黑暗中又一粒一粒地吃起來，後來覺出好笑與珍貴，便留起來不再吃。這樣盪了兩天，才搭拖拉機回到山裡。

沿著山路漸漸走近生產隊，遠遠望見一些人在用鋤鋤什麼。走近了，原來是幾個知青在鋤防火帶，見我回來了，劈頭就問：「買了什麼好吃的東西？」我很高興地說：「糖。」大家紛紛伸手討吃。我說：「我是給六爪買的。」一個人便說：「蕭疙瘩出事了。」我吃了一驚，問：「怎麼？出了什麼事？」大家索性擱了鋤，極有興趣地說起來。

原來蕭疙瘩本是貴州的一個山民，年輕時從家鄉入伍。部隊上見他頑勇，又吃得苦，善攀登，便叫他幹偵察。六二年部隊練兵大比武，蕭疙瘩成績好，於是被提為一個偵察班長。恰在此時，境外鄰國不堪一股殘匪騷擾，便請求這邊部隊協助剿除。殘匪有著背景，武器裝備精良，要剿除不免需打幾場狠仗，蕭疙瘩的班極為精悍，於是被委為尖刀，先期插入殘匪地區。蕭疙瘩領著七八個人，晝夜急行，迂迴穿插，摸到殘匪司令部。這司令部建在一個奇絕的崖上，自然是重兵把守。可攀崖頭是蕭疙瘩的拿手好戲，於是領了戰士，五十米直用手指頭摳上去。殘匪司令部當然料不到，槍響不到一聲，已被拿下。蕭疙瘩命手下人用殘匪電台直呼自己部隊，指揮部便有令讓他將電台送回，其他的仗不要他打。蕭疙瘩於是帶了一個四川兵將電台扛回來。電台不是輕傢伙，一路走得自然極累而且焦渴。偏偏一路山高無水，專找水源，又怕耽誤命令。可巧就遇到一片橘林。四川兵是吃慣橘子的，便請求吃一兩個。蕭疙瘩初不肯答應，說是違反紀律。又想想部下實在不容易，就說：「吃一個吧，放錢在樹下。」待吃完才發現自己的錢鄰國是不能用的，又無什麼可以抵替，想想僅只一個橘子，就馬虎了，趕路回來。戰役大獲全勝，部隊集合。蕭疙瘩一班人的作用是明擺著的，於是記集體一等功。征塵未及清掃，就髒兮兮地立在頭排接受首長檢閱。首長坐車一陣風地來了，趨前向戰士們問好，戰士們撼天動地地回答。首長愛兵如子，不免握手撫肩，為蕭疙瘩的一班人舒展衣角。首長為那個四川兵做這些時，碰到他口袋裡鼓鼓的一塊，便很和藹地笑問是什麼。四川兵臉一下白掉，蕭疙瘩叫四川兵回答首長詢問。四川兵慢慢將那個東西掏出來。原來是個橘子！蕭疙瘩當即血就上頭了，不容分說，跨上一步，抬腿就是一腳。偵察兵的腿腳是好動的？四川兵當即腿骨折斷，倒在地下。首長還未問清怎麼一回事，見蕭疙瘩野蠻，勃然大怒，立即以軍閥作風撤銷蕭疙瘩的一等功，待問明情由，又將一班的集體功撤銷，整肅全軍。蕭疙瘩氣得七竅生煙，想想委屈，卻又全不在理，便申請復員。部隊軍紀極嚴，不留他，但滿足了蕭疙瘩不回原籍的請求。蕭疙瘩背了一個處分，覺得無顏見山林父老，便到農場來，終日在大山裡鑽，倒也熟悉。只是漸漸不能明白為什麼要將好端端的森林斷倒燒掉，用有用的樹換有用的樹，半斤八兩的賬算不清，自然有些懷疑怨言。文化大革命一起，蕭疙瘩竟被以壞人揪出來做為造反的功績，罰種菜，不許干擾墾殖事業。日前我們砍的那棵大樹，蕭疙瘩下山後對支書說，不能讓學生自己砍，否則要出危險。支書便說小將們願意自己闖，而且很有成績，上面也在表揚，不需蕭疙瘩來顯示關懷，又記起自己負有監督改造的責任，就彙報上面，把蕭疙瘩的言語當作新動向。

我嘆了，說：「蕭疙瘩也是，在支書面前說失職，支書當然面子上下不來。」另一個人說：「李立也是抽瘋，說是要砍對面山上那棵樹王，破除迷信。」大家都說李立多事，我也不以為然。說話間到了下班時間，大家便一路說著，問了我在縣上如何耍，一路走回隊上。

回到隊上，未及洗涮，我就捏了糖去找六爪。六爪見了糖，歡喜得瘋了，竄來竄去地喊母親找東西來裝，並且拿來兩張糖紙給我看。我見糖紙各破有一個洞，不明白什麼意思，六爪便很氣憤地說：「老鼠！老鼠！」罵完老鼠，又仔細地將糖紙展平夾進連環畫裡，說是糖紙上面有金的光，再破也是好的，將來自己做了工人有一把刀後，把這糖紙黏在刀把上，會是全農場最好的刀。蕭疙瘩的老婆找來一隻竹筒，六爪認為絕對不行，老鼠的牙連木箱都會咬破，竹子算什麼？我忽然瞥見屋內有一隻空瓶，便說老鼠咬不動玻璃。六爪一邊稱讚著，一邊將糖一粒一粒地裝進瓶裡。瓶裡裝滿了，桌上尚餘三粒。六爪慢慢地推了一粒在我面前，忽然又很快地調換了一塊綠的給我，說我那塊是紅的。又慢慢推了一粒在他母親面前，說是讓母親吃。蕭疙瘩的老婆將糖推給六爪，六爪想了想，又將糖推在小桌中央，說是留給父親吃。我也將我的一塊推到小桌中央。六爪看看，說：「爹吃兩塊麼？」我說：「你有一瓶呢！」六爪省悟過來，將自己的一塊也推到小桌中央。我看著六爪細細地將桌上微小的糖屑用異指黏進嘴裡，說：「你爸呢？」六爪並不停止動作，說：

「菜地。」我辭了母子二人出來，蕭疙瘩的老婆連連問著價錢，我堅決不要她拿錢出來，蕭疙瘩的老婆為難地說：「六爪的爹知道了要罵，你拿些乾筍去吧。」我又堅決不收，蕭疙瘩的老婆便憂憂地看著我離開。

我打了飯回宿舍吃，大家又都問縣裡的見聞。僅過了兩個多月，大家便有些土頭土腦，以為山溝之外，都是飲食天堂，紛紛說等燒了山，一齊出去耍一下。李立並不加入談話，第一個吃完，用水洗了碗筷，放好，雙手支在床上坐著，打斷大家對我說：「你再磨幾把刀吧。」我看看李立。李立換個姿勢，將肘支在膝頭，看著手說：「我和支書說了，今天下午去砍樹王。」有人說：「下午還要鋤防火帶呢。」李立說：「也不要多少人。刀磨快了，我想，叫上蕭疙瘩，他還是把好手。」我慢慢嚼著，說：「磨刀沒有什麼。可是，為什麼非要砍樹王呢？」李立說：「它在的位置不科學。」我說：「科學不科學，挺好的樹，不可惜？」有人說：「每天幹的就是這個，可惜就別幹了。」我想了想，說：「也許隊上的人不願砍，要砍，早就砍了。」李立不以為然，站起來說：「重要的問題是教育農民。舊的東西，是要具體去破的。樹王砍不砍，說到底，沒什麼。可是，樹王一倒，一種觀念就被破除了，迷信還在其次，重要的是，人在如何建設的問題上將會思想為之一新，得到淨化。」說完便不再說話，氣氛有些嚴肅，大家便說些別的岔開。

我自然對磨刀有特殊的興趣，於是快快將刀磨好。下午一出工，我和幾個人便隨李立上另一面的山上去砍樹王。我去叫蕭疙瘩，他的老婆說：丟下飯碗便走了，不曉得在哪裡。六爪在床上睡覺，懷裡還抱著那隻裝糖的瓶子。我們幾個在隊裡場上走過，發現隊裡許多老職工立在自己家的草房前，靜靜地看著我們。李立叫了支書，支書並不拿刀，叫了隊長，隊長也不拿刀，大家一齊上山。

## 七

太陽依舊辣，山上飄著熱氣，草發著生生熟熟的味道。走到半山，支書站下，向山下隊裡大喊：「都去上工！都去上工！」大家一看，原來人們都站到太陽底下向我們望，聽到支書喊，便開始走動。

走不到好久，便望到樹王了。樹王的葉子在烈日下有些垂，但仍微微動著，將空隙間的陽光隔得閃閃爍爍。有鳥從遠處緩緩飛來，近了，箭一樣射進樹冠裡去，找不到蹤影。不一會兒，又忽地飛出一群，前後上下地繞樹盤旋，叫聲似乎被陽光罩住，乾乾的極短促。一畝大小的陰影使平地生風，自成世界，暑氣遠遠地避開，不敢靠近。隊長忽然遲疑著站住，支書也猶疑著，我們便超過支書和隊長向大樹走去。待有些走近了，才發現巨大的樹根間，坐著一個小小的人。那人將頭緩緩揚起，我心中一動：是蕭疙瘩。

蕭疙瘩並不站起來，將雙肘盤在膝上，眼睛直直地望著我們，一個臉都是緊的。李立望望樹，很隨便地對蕭疙瘩說：「老蕭，上來了？」又望望樹，說：「老蕭，你說這樹，從什麼地方砍呢？」蕭疙瘩於是只直直地望著李立，不說話，嘴緊緊地閉成一條線。李立招呼我們說：「來吧。」便繞開蕭疙瘩，走到樹王的另一側，用眼睛上下打量了一下，揚起手中的刀。

蕭疙瘩忽然說話了，那聲音模糊而陌生：「學生，那裡不是砍的地方。」李立轉過頭來看著蕭疙瘩，將刀放下，有些驚奇地問：「那你說是哪兒呢？」蕭疙瘩仍坐著不動，只把左手微微抬起，拍一拍右臂：「這裡。」李立不明白，探過頭去看，蕭疙瘩張開兩隻胳膊，穩穩地立起來，站好，又用右手指住胸口：「這裡也行。」大家一下省悟過來。

李立的臉一下白了，我也覺得心忽然跳起來，大家都呆住，覺得還是太陽底下暖和。

李立張了張嘴，沒有說出什麼。靜了一靜，嚥一下，說：「老蕭，不要開玩笑。」蕭疙瘩將右手放下：「我曉不得開玩笑。」李立說：「那你說到底砍哪兒？」蕭疙瘩又將右手指著胸口：「學生，我說過了，這裡。」

李立有些惱了，想一想，又很平和地說：「這棵樹砍不得嗎？」蕭疙瘩手不放下，靜靜地說：「這裡砍得。」李立真的惱了，沖沖地說：「這棵樹就是要砍倒！它佔了這麼多地方。這些地方，完全可以用來種有用的樹！」蕭疙瘩問：「這棵樹沒有用嗎？」李立說：「當然沒有用。它能幹什麼呢？燒柴？做桌椅？蓋房子？沒有多大的經濟價值。」蕭疙瘩說：「我看有用。我是粗人，說不來有什麼用。可它長成這麼大，不容易。它要是個娃兒，養它的人不能砍它。」李立煩躁地晃晃頭，說：「誰也沒來種這棵樹。這種野樹太多了。沒有這種野樹，我們早完成墾殖大業了。一張白紙，好畫最新最美的圖畫。這種野樹，是障礙，要砍掉，這是革命，根本不是養什麼小孩！」

蕭疙瘩渾身抖了一下，垂下眼睛，說：「你們有那麼多樹可砍，我管不了。」李立說：「你是管不了！」蕭疙瘩仍垂著眼睛：「可這棵樹要留下，一個世界都砍光了，也要留下一棵，有個證明。」李立問：「證明什麼？」蕭疙瘩說：「證明老天爺幹過的事。」李立哈哈笑了：「人定勝天。老天爺開過田嗎？沒有，人開出來了，養活自己。老天爺煉過鐵嗎？沒有，人煉出來了，造成工具，改造自然，當然包括你的老天爺。」

蕭疙瘩不說話，仍立在樹根當中，李立微笑著，招呼我們。我們都鬆了一口氣，提了刀，走近大樹。李立抬起刀，說：「老蕭，幫我們把這棵樹王砍倒吧。」蕭疙瘩一愣，看著李立，似乎有些疑惑，隨即平靜下來。

李立舉起刀，全身擰過去，刀從肩上揚起，寒光一閃，卻夢一般，沒有砍下的聲響。大家眨一下眼，才發現蕭疙瘩一雙手早鉗住李立的刀，刀離樹王只有半尺。李立掙了一下。我心下明白，刀休想再移動半分。

李立狂吼一聲：「你要幹什麼？」渾身扭動起來，刀卻生在蕭疙瘩手上。蕭疙瘩將嘴閉住，一個臉脹得青亮青亮的，筋在腮上顫動。大家「呀」的一聲，紛紛退後，靜下來。

寂靜中忽然有支書的說話聲：「蕭疙瘩！你瘋了！」大家回頭一看，支書遠遠地過來，隊長仍站在原地，下巴垂下來，眼睛淒淒的。支書走近了，指一指刀：「鬆開！」李立鬆開刀，退後了半步。蕭疙瘩仍捏著刀，不說話，不動，立著。支書說：「蕭疙瘩，你夠了！你要我開你的會嗎？你是什麼人，你不清楚？你找死呀！」說著伸出手：「把刀給我！」蕭疙瘩不看支書，臉一會兒大了，一會小了，額頭滲出寒光，那光沿鼻樑漫開，眉頭急急一顫，眼角抖起來，慢慢有一滴亮。

支書走開，又回過身，緩緩地說：「老蕭哇，你不是糊塗人。你那點子錯誤，說出天，在我手下，我給你包著。你種你的菜，樹你管得了嗎？農場的事，國家的事，你管得了嗎？我一個屁眼大的官，管不了。你還在我屁眼裡，你發什麼瘋？學生們造反，皇帝都拉下馬了，人家砍了頭說是有個碗大的疤。你砍了頭，可有碗大的疤？就是有，你那個疤值幾個錢？糊塗！老蕭，這砍樹的手藝，全場你最拿手，我知道，要不你怎麼落個『樹王』的稱呼呢？你受罪，我也清楚。可我是支書，就要謀這個差事。你這不是給我下不來台嗎？學生們要革命，要共產主義，你攔？」

蕭疙瘩緩緩地鬆下來，臉上有一道亮亮的痕，喉嚨提上去，久久不下來。我們都呆了，眼睛乾乾地定著，想不起眨。原來護著樹根的這個矮小漢子，才是樹王！心頭如粗石狠狠擦了一下，顫顫的，腦後硬起來。

真樹王呆呆地立著，一動不動，手慢慢鬆開，刀噹地一聲落在樹根上。餘音沿樹升上去，正要沒有，忽然如哭聲一般，十數隻鳥箭一樣，發一陣喊，飛離大樹，鳥兒斜斜地沿山勢滑飛下去，靜靜地又升起來，翅膀紛紛抖動，散亂成一團黑點，越來越小，越來越小。

李立呆呆地看著大家，精神失了許多。大家也你看看我，我看看你。支書不說話，過去把刀拾起來，交給李立。李立呆呆地看刀，一動不動。

蕭疙瘩慢慢與樹根斷開，垂著手，到了離大樹一丈遠的地方立下，大家卻不明白他是怎麼走過去的。

支書說：「砍吧，總歸是要砍，學生們有道理，不破不立，砍。」回頭招呼著：「隊長，你過來。」隊長仍遠遠站著，說：「你們砍，學生們砍。」卻不過來。

李立抬起頭，誰也不看，極平靜地舉起刀，砍下去。

## 八

大樹整整砍了四天，蕭疙瘩也整整在旁邊守了四天，一句話不說，定定地看刀在樹上起落。蕭疙瘩的老婆做了飯，叫六爪送到山上去，蕭疙瘩扒了幾口，不再吃，叫六爪回去拿些衣服來。六爪失了往日的頑皮，慌慌地回到隊上。天一黑下來，六爪便和他的母親坐在草房前向山上望著。月亮一天比一天晚出來，一天比一天殘。隊上的人常常在什麼地方站下來，呆呆地聽著傳來的微微的砍伐聲，之後慢慢地走，互相碰著了，馬上低下頭分開。

我心中亂得很，搞不太清砍與不砍的是非，只是不去山上參加砍伐，也不與李立說話。知青中自有幾個人積極得很，每次下山來，高聲地說笑，極無所謂的樣子，李立的眼睛只與他們交流著，變得動不動就笑，其餘的人便沉默著，眼睛移開砍樹的幾個人。

第四天收工時，砍樹的幾個人下山來，高聲在場上叫：「倒嘍！倒嘍！」我心中忽然一鬆，覺出四天的緊張。李立進到屋裡，找出筆墨，寫一些字，再將寫好字的紙貼在他的書箱上邊。我仰在床上，遠遠望去，見到五個大字：我們是希望。其餘的人都看到了，都不說話，該幹什麼幹什麼。

我晚上到蕭疙瘩的草房去。蕭疙瘩呆呆地坐在矮凳上，見我來了，慢慢地移眼看我，那眼極乾澀，失了精神，模模糊糊。我心中一酸，說：「老蕭。」只四天，蕭疙瘩頭髮便長出許多，根根立著，竟是灰白雜色；一臉的皺紋，愈近額頭與耳朵便愈密集；上唇縮著，下唇鬆了；脖子上的皮鬆順下去，似乎洩走一身力氣。蕭疙瘩慢慢垂下眼睛，不說話。我在床邊坐下，說：「老蕭。」轉臉看見門口立著六爪與他的母親，便招呼六爪過來，六爪看著他的父親，慢慢走到我身邊，輕輕靠著，一直看著自己的父親。

蕭疙瘩靜靜地坐著，慢慢地動了一下，緩緩轉身打開箱子，在雜物中取出一個破本，很專心地看。我遠遠望去，隱約是一些數字。六爪的母親見蕭疙瘩取出本子，便低頭離開門口到小草棚去。我坐了一會兒，見蕭疙瘩如無魂的一個人，只有悄悄回來。

## 九

防火帶終於鋤好，隊長宣布要燒山了，囑咐大家嚴密注意著，不要自己的草房生出意外。

太陽將要落山，大家都出來站在草房前。隊長和幾個老職工點了火把，沿山腳跑動著，隔一丈點一下。不一刻，山腳就連成一條火線，劈劈啪啪的聲音傳過來。忽然風起了，我扭頭一望，太陽沉下山峰，只留亮亮的天際。風一起，山腳的火便振奮起來，急急地向山上跑。山下的火越大，山頭便愈黑。樹都靜靜躺著，讓人替它們著急。

火越來越大，開始有巨大的爆裂聲，熱氣騰升上去，山顫動起來。煙開始逃離火，火星追著煙，上去十多丈，散散亂亂。隊長幾個人圍山跑了一圈回來，喘著氣站下看火。火更大了，轟轟的，地皮抖起來，草房上的草刷刷地響。突然一聲巨響，隨著嘶嘶的哨音，火扭作一團，又猛地散開。大家看時，火中一棵大樹騰空而起，飛到半空，帶起萬千火星，折一個筋斗，又落下來，濺起無數火把，大一些的落下來，小一些的仍舊上升，百十丈處，翻騰良久，緩緩飄下。火已燒到接近山頂，七八里長的山頂一線，映得如同白晝。我忽然心中一動，回頭向蕭疙瘩的草房望去，遠遠見到蕭疙瘩一家人蹲在房前。我想了想，就向蕭疙瘩的草房走去。場上此時也映得如同白晝，紅紅的令人疑心燙腳。我慢慢走到蕭疙瘩一家人前，他們誰也不看我，都靜靜地望山上。我站下來，仰頭望望天空。天空已成紅紫，火星如流星般穿梭著。

忽然六爪尖聲叫起來：「呀！麂子！麂子！」我急忙向火中用眼搜尋，便見如同白晝的山頂，極小的一隻麂子箭一般衝來衝去，時時騰躍起來，半空中劃一道弧，剛一落地，又扭身箭一樣地跑。隊上的人這時都發現了這隻麂子，發一片喊聲，與熱氣一道升上去散開。火將山頂漸漸圍滿，麂子終於不動，慢慢跪了前腿，頭垂下去。大家屏住氣，最後看一眼那麂子，不料那生靈突然將身聳起，頭昂得與脖子成一豎直線，又慢慢將前腿抬起，後腿支在地上，還沒待大家明白，便箭一樣向大火衝去，蹚起一串火星，又高高地一躍，側身掉進火裡，不再出現。大火剎時封了山頂，兩邊的火撞在一起，騰起幾百丈高，須仰視才見。那火的頂端，舔著通紅的天底。我這才明白，我從未真正見過火，也未見過毀滅，更不知新生。

山上是徹底地沸騰了。數萬棵大樹在火焰中離開大地，升向天空。正以為它們要飛去，卻又緩緩飄下來，在空中互相撞擊著，斷裂開，於是再升起來，升得更高，再飄下來，再升上去，升上去，升上去。熱氣四面逼來，我的頭髮忽地一下立起，手卻不敢扶它們，生怕它們脆而且碎掉，散到空中去。山如燙傷一般，發出各種怪叫，一個宇宙都驚慌起來。

忽然，震耳的轟鳴中，我分明聽見有人的話語：「冷。冷啊。回去吧。」看時，六爪的母親慢慢扶著蕭疙瘩，蕭疙瘩一隻手扶著六爪，三個人緩緩向自己的草房裡去了。我急忙也過去攙扶蕭疙瘩，手摸上去，蕭疙瘩的肋下急急地抖著，硬硬軟軟，似千斤重，忽又輕不及兩，令人恍惚。

蕭疙瘩在攙扶下，進到屋裡，慢慢躺在床上，外面大火的紅光透過竹笆的縫隙，抖動著在蕭疙瘩的身上爬來爬去。我將蕭疙瘩的手放上床，打得碎石頭的手掌散著指頭，粉一樣無力，燙燙的如一段熱炭。

## 十

這之後，蕭疙瘩便一病不起。我每日去看他，日見其枯縮。原來十分強悍而沉默的一個漢子，現在沉默依舊，強悍卻漸漸消失。我連連勸他不要因為一棵樹而想不開。他慢慢地點頭，一雙失了焦點的眼睛對著草頂，不知究竟在想什麼。六爪不再頑皮，終日幫母親做事，閒了，便默默地翻看殘破了的宋江殺惜的書，來來回回地看，極其認真；或者默默地站在父親身邊，呆呆地看著父親。蕭疙瘩只有在兒子面前，才滲出一些笑容，但無話，只靜靜地躺著。

隊上的人都有些異樣，只李立幾個人仍舊說笑，漸漸有些發癲。隊長也常常去看蕭疙瘩，卻默默無言，之後慢慢離去。隊上的老職工常常派了女人與孩子送些食物，也時時自己去，說幾句話，再默默離去。大火燒失了大家的精神，大家又似乎覺得要有個結果，才得寄託。

半月後，一天，我因病未去出工，身子漸漸有些發冷，便拿了一截木頭坐在草房外面曬太陽。十點鐘的太陽就開始燙人，曬了一會兒，覺得還是回去的好。正轉身要進門裡，就聽見六爪的聲音：「叔叔，我爹叫你去。」回頭一看，六爪用異指勾弄著衣角站在場中。我隨了六爪到他家。一進門，見蕭疙瘩斜起上身靠在床上，不覺心中一喜，說：「呀！老蕭，好多了嗎？」蕭疙瘩揚起手指，示意我坐在床邊。我坐下了，看著蕭疙瘩，蕭疙瘩仍舊枯縮，極慢地說，沒有喉音：「我求你一件事，你必要答應我。」我趕緊點頭。蕭疙瘩停一停，又說：「我有一個戰友，現在四川，在部隊上殘廢了，回家生活苦得很，這自然是我對不住他。我每月寄十五元給他，月月不敢怠慢。現在我不行了——」我心下明白，急忙說：「老蕭，你不要著急，我有錢，先寄給他——」蕭疙瘩不動，半天才有力氣再說：「不是要你寄錢。我的女人與娃兒不識字，我不行了，要寫一封書信給他，說我最後還是對不起他，請他原諒我先走了——」我呆了，心緊緊一縮，說不出話。蕭疙瘩叫六爪過來，讓他從箱裡取出一個信封，黃皮紙，中間一個紅框格，上面有著四川的地址。我仔細收好，點點頭，說：「老蕭，你放心，我誤不了事。」轉頭一看，卻噤聲不得。

蕭疙瘩頭歪向一邊，靜靜地斜垂著，上唇平平的，下唇掉下來，露出幾點牙齒。我慌了，去扶，手是冰涼的。我剛要去叫六爪的母親，想想不行，便將身擋住蕭疙瘩，叫六爪去喊他的母親。

六爪和他的母親很快便來了。蕭疙瘩的老婆並不十分驚慌，長長嘆一口氣，與我將蕭疙瘩擺平。死去的蕭疙瘩顯得極沉，險些使我跌一下。之後，這女人便在床邊靜靜地立著。六爪並不哭，緊隨母親立著，並且摸一摸父親的手。我一時竟疑惑起來，搞不清這母子倆是不是明白蕭疙瘩已經死去，何無憂傷？何無悲泣？

六爪立了一會兒，跌跌地轉身去小草棚裡拿來那本殘書，翻開，揀出兩張殘破的糖紙，之後輕輕地將糖紙放在父親的手中，一邊一張。陽光透過草頂的些微細隙，射到床上，圓圓的一粒一粒。其中極亮的一粒，隱隱地橫移著，極慢地檢閱著蕭疙瘩的臉。那圓點移到哪裡，哪裡的肉便如活起來，幽幽地閃光，之後又慢慢熄滅下去。

支書來了，在蕭疙瘩身旁立了很久，呆呆的不說話，之後痴痴的出去。隊上人都來望了。李立幾個人也都來看了，再也無笑聲，默默地離去。蕭疙瘩的老婆與隊上說要土葬，講這是蕭疙瘩生前囑咐給她的。

隊長便派工用厚厚的木板製了一副棺材。葬的地方蕭疙瘩也說過，就在離那棵巨樹一丈遠的地方。大家抬了棺材，上山，在樹樁根邊挖了坑，埋了。那棵巨樹仍仰翻在那裡，斷口刀痕累累，枝葉已經枯掉，卻不脫落，仍有鳥兒飛來立在橫倒的樹身上棲息。六爪在父親的墳前將裝糖的瓶子立放著，糖粒還有一半，被玻璃隔成綠色。

當天便有大雨。晚上息了一下，又大起來，竟下了一個星期才住。燒過的山上的木炭被雨水沖下來，黑黑的積得極厚。一條山溝裡，終日瀰漫著酸酸的味道，熏得眼睛流淚。雨住了，大家上山出工。一架山禿禿的，尚有未燒完的大樹殘枝，黑黑的立著，如同宇宙有箭飛來，深深射入山的裸體，只留黑羽箭尾在外面。大家都有些悚然，倚了鋤呆呆地望。一星期的大雨，這裡那裡竟冒出一叢叢的草，短短的立著，黃黃綠綠。忽然有人叫起來：「看對面山上！」大家一齊望過去，都呆住了。

遠遠可見蕭疙瘩的墳脹開了，白白的棺木高高地托在墳土上，陽光映成一小片亮。大家一齊跑下山，又爬上對面的山，慢慢走近。隊長啞了喉嚨，說：「山不容人啊！」幾個膽大的過去將棺材抬放到地上。大家一看，原來放棺材的土裡，狠狠長出許多亂亂的短枝。計算起來，恐怕是倒掉的巨樹根系龐大，失了養料的送去處，大雨一澆，根便脹發了新芽，這裡土鬆，新芽自然長得快。那玻璃瓶子裡糖沒有了，灌滿了雨水，內中淹死了一團一團的螞蟻。

隊長與蕭疙瘩的寡婦商議火化。女人終於同意。於是便在山頂上架起一人高的柴火，將棺材放在上面，從下面點著，火慢慢燒上去，碰了棺材，便生有黑煙。那日無風，黑煙一直升上去，到百多米處，忽然打一個團，頓了一下，又直直地升上去，漸漸淡沒。

蕭疙瘩的骨殖仍埋在原來的葬處。這地方漸漸就長出一片草，生白花。有懂得的人說：這草是藥，極是醫得刀傷。大家在山上幹活時，常常歇下來望，便能看到那棵巨大的樹樁，有如人跌破後留下的疤；也能看到那片白花，有如肢體被砍傷，露出白白的骨。

# 孩子王

# 一

一九七六年，我在生產隊已經幹了七年。砍壩，燒荒，挖穴，挑苗，鋤帶，翻地，種穀，餵豬，脫坯，割草，都已會做，只是身體弱，樣樣不能做到人先。自己心下卻還坦然，覺得畢竟是自食其力。

一月裡一天，隊裡支書喚我到他屋裡。我不知是什麼事，進了門，就蹲在門檻上，等支書開口。支書遠遠扔過一支煙來，我沒有看見，就掉在地上，發覺了，急忙撿起來，抬頭笑笑。支書又扔過火來，我自己點上，吸了一口，說：「『金沙江』？」支書點點頭，呼嚕呼嚕地吸他自己的水煙筒。

待吸完了水煙，支書把竹筒斜靠在壁上，撣著一雙粗手，又擤擤鼻子，說：「隊裡的生活可還苦得？」我望望支書，點點頭。支書又說：「你是個人才。」我嚇了一跳，以為支書在調理我，心裡推磨一樣想了一圈兒，並沒有做錯什麼事，就笑著說：「支書開我的玩笑。有什麼我能幹的活，只管派吧，我用得上心。」支書說：「我可派不了你的工了。分場調你去學校教書，明天報到。到了學校，要好好幹，不能辜負了。我家老三你認得，書唸得吃力，你在學校，扯他一把，鬧了就打，不怕的，告訴我，我也打。」說著就遞過一張紙來，上面都明明白白寫著，下面有一個大紅油戳，證明不是假的。

我很高興，離了支書屋裡，回宿舍打點鋪蓋。同屋的老黑，正盤腿在床上挑腳底的刺，見我疊被捲褥子，並不理會，等到看我用繩捆行李，才伸脖子問：「搞哪樣名堂？」我穩住氣，輕描淡寫了一番。老黑一下蹦到地上，一邊往上提著褲子，一邊嚷：「我日你先人！怎麼會讓你去教書？」我說：「我怎麼知道？上邊來了通知，寫得明白。難道咱們隊還有哪個和我重名重姓？」老黑趿拉上兩隻鞋，拍著屁股出去了。

一會兒，男男女女來了一大幫，都笑嘻嘻地看著我，說你個龜兒時來運轉，苦出頭了，美美地教娃娃認字，風吹日曬總在屋頂下。又說我是蔫土匪，逼我說使了什麼好處打通關節，調到學校去吃糧。我很坦然，說大家盡可以去學校打聽，我若使了半點好處，我是——我剛想用上隊裡的公罵，想想畢竟是要教書了，嘴不好再野，就含糊一下。

大家都說，誰要去查你，只是去了不要忘了大家，將來開會、看電影路過學校，也有個落腳之地。我說當然。

老黑說：「鋤頭、砍刀留給我吧，你用不著了。」我很捨不得，嘴裡說：「誰說用不著了？聽說學校每星期也要勞動呢。」老黑說：「那種勞動，糊弄雞巴。」我說：「鋤你先拿著，刀不能給。若是學校還要用鋤，我就來討。」老黑很不以為然，又說：「明天報到，你今天打什麼行李？想快離了我們？再睡一夜明天我送你去。」我也好笑，覺得有點兒太那個，就拆下行李，慢慢收拾。大家仍圍了說笑，感嘆著我中學上了四年，畢竟不一樣。

當晚，幾個平時要好的知青，各弄了一些菜，提一瓶酒，鬧鬧嚷嚷地喝，一時我成了人人掛在嘴邊的人物，好像我要去駐聯合國，要上月球。要吃香的喝辣的了。

喝了幾口包穀酒，心裡覺得有些戀戀的，就說：「我雖去教書，可將來大家有什麼求我，我不會忘了朋友。再說將來大家結婚有了小娃，少不了要在我手上識字，我也不會辜負了大家的娃娃。」大家都說當然。雖然都是知青，識了字來掄鋤，可將來娃娃們還是要識字，不能瞎著眼接著掄鋤。

在隊裡做飯的來娣，也進屋來摸著坐下，眼睛有情有意地望著我，說：「還真捨得下呢！」大家就笑她，說她見別人吃學校的糧了，就來敘感情，怕是想調學校去做飯了。來娣就叉開兩條肥腿，雙手支在腰上，頭一擺，喝道：「別以為老娘只會燒火，我會唱歌呢。我識得簡譜，怎麼就不可以去學校教音樂？『老桿兒』，」我因為瘦，所以落得這麼個綽號，「你到了學校，替我問問。我的本事你曉得的，只要是有譜的歌，半個鐘頭就叫它一個學校唱起來！」說著自己倒了一杯酒，朝我舉了一下，說：「你若替老娘辦了，我再敬你十杯！」說完一仰脖，自己先喝了。老黑說：「咦？別人的酒，好這麼喝的？」來娣臉也不紅，把酒杯一頓，斜了老黑一眼：「什麼狗尿，這麼稀罕！幾個小伙子，半天才抿下一個脖子的酒，怕是沒有女的跟你們做老婆。」大家笑起來，紛紛再倒酒。

夜裡，老黑打了一盆水，放在我床邊，說：「洗吧。」我瞧瞧他，說：「嚇！出了什麼怪星星，倒要你來給我打水？」老黑笑笑，躺在床上，扔過一支煙，自己也點著一支，說：「唉，你是先生了嘛。」我說：「什麼先生不先生，天知道怎麼會叫我去教書！字怕是都忘了怎麼寫，去了不要鬧笑話。」老黑說：「字怎麼會忘！這就像學鳧水，騎單車，只要會了，就忘不掉。」我望著草頂，自言自語地說：「墨是黑下一個土。的是名詞、形容詞連名詞，地是形容詞連動詞，得是——得是怎麼用呢？」老黑說：「別窮叨叨啦，知道世上還有什麼名詞形容詞就不錯，就能教，我連這些還不知道呢。我才算上了小學就來這兒了，上學也是唸語錄，唉，不會有出息啦！」看時間不早，我們就都睡下。我想了許久，心裡有些緊張，想不通為什麼要我去教書，又覺得有些得意，畢竟有人看得起，只是不知是誰。

第二天一早，漫天的大霧，山溝裡潮冷潮冷的。我穿上一雙新尼龍絲襪，腳上繭子厚，扯得襪子嘶拉嘶拉響，又套上一雙新解放鞋，換了一身乾淨褲褂，特意將白襯領扯高一些，搽一搽手臉，準備上路。我剛要提行李，老黑早將行李捲一下甩到肩上，又提了裝臉盆雜物的網兜。我實在過意不去，就把砍刀搶在手裡，一起走出來。

場上大家正準備上山幹活，一個個破衣爛衫，髒得像活猴，我就有些不好意思，想低頭快走。大家見了，都嚷：「你個憨包，還拿砍刀幹什麼？快扔了，還不學個教書的樣子？」我反而更捏緊了刀，迸出一股力，只一揮，就把路邊一株小臂粗的矮樹棵子斜劈了。大家都喝采，說：「學生鬧了，就這麼打。」我舉刀告別，和老黑上路。

隊上離學校只十里山路，一個鐘頭便到了。望見學校，心裡有些跳，刀就隱在袖管裡，叫住人打聽教務處在哪兒。

有人指點了，我們走過去，從沒遮攔的窗框上向裡張望。裡面有人發覺了，就出來問：「你是來報到的嗎？」我點點頭，他便招我進去。

我和老黑進去，那人便很熱情地招呼座位和熱水。屋裡還有兩位女同志，想來是老師，各坐在木桌上一本一本地改什麼，這時都抬了頭望我，上上下下地打量。我和老黑坐下，不由得也打量一下這間辦公室，只見也是草房，與隊上沒什麼兩樣，只是有數張桌子。招呼我們的人就笑瞇瞇地說，帶很重的廣東腔：「還好吧？我們昨天發了通知，你來得好快。我們正好缺老師上課，前幾天一個老師調走了，要有人補他的課。我們查了查，整個分場知青裡只剩下你真正上過高中，所以調你來。還好吧？」我這才明白了原由，就說：「高中我才上過一年就來了，算不得上過。這書，我也沒教過，不知教得了教不了。您怎麼稱呼呢？」那人笑一笑，說：「我叫陳林呢，就叫我老陳好了。教書嘛，也不是哪個生來就會，在幹中學嘛。」我說：「怕誤人子弟呢。」老陳說：「不好這麼說。來，喝水，喝水。」我忘了袖裡還有一把刀，伸手去接水碗，刀就溜出來掉在地上，哐噹一聲。窗戶上就有孩子在笑。原來上課時間未到，許多學生來看新老師。我紅了臉，拾起刀，靠在桌子邊上，抬起頭，發現老陳的桌上有一本小小的新華字典。老陳見了，說：「好。學校裡也要勞動，你帶了就好。」老黑說：「學校還勞什麼動？」老陳說：「咦？學校也要換茅草頂，也要種菜，也要帶學生上山幹活呢！」我說：「怎麼樣？老黑，下回來，把鋤帶來給我。」老黑摸摸臉，不吭聲。

老陳與我們說了一會兒話，望望窗外立起身來說：「好吧，我們去安排一下住處？」我和老黑連忙也立起身，三個人走出來。大約是快開始上課了，教室前的空地上學生們都在抓緊時間打鬧，飛快地跑著，尖聲尖氣地叫。我脫離學校生活將近十年，這般景象早已淡忘，忽然又置身其中，不覺笑起來，嘆了一口氣。老黑愣著眼，說：「哼，不是個鬆事！」老陳似無所見似無所聞，只在前面走，兩個學生追打到他跟前，他出乎意料地靈巧，一閃身就過了，跑在前面的那個學生反倒一跤跌翻在地，後面的學生騎上去，兩個人扭在一起，叫叫嚷嚷，褲子脫下一截。

教室草房後面，有一長排草房，房前立了五棵木樁，上面長長地連了一條鐵線，掛著被褥，各色破布和一些很鮮艷的衣衫。老陳在一個門前招手，我和老黑走過去。老陳說：「這間就是你的了，床也有，桌椅也有。收拾收拾，住起來還好。」我鑽進去，黑黑的先是什麼也看不清，慢慢就辨出一塊五、六平方米的間隔來。只見竹笆壁上糊了一層報紙，有的地方已經脫翻下來，一張矮桌靠近竹笆壁，有屜格而無抽屜，底還在，可放書物。桌前的壁上貼了一些畫片，一張年曆已被撕壞，李鐵梅的身段豎著沒了半邊，另半邊擎著一隻紅燈。一地亂紙，一隻矮凳仰在上面。一張極粗笨的木床在另一邊壁前，床是只有橫檔而無床板。我抬頭望望屋頂，整個草房都是串通的，只是在這一個大草頂下，用竹笆隔了許多小間，隔壁的白帳頂露出來，已有不少蛛網橫斜著，這格局和景象與生產隊上並無二致。我問老陳：「不漏嗎？」老陳正笑瞇瞇地四下環顧，用腳翻撿地上的紙片，聽見問，就仰了脖看著草頂上說：「不漏，去年才換的呢。就是漏，用棍子伸上去撥一撥草，就不漏了。」

老黑把行李放在桌上，走過去踢一踢床，恨恨地說：「真他媽一毛不拔，走了還把竹笆帶走。老陳，學校可有竹笆？有拿來幾塊鋪上。」老陳很驚奇的樣子，說：「你們沒帶竹笆來嗎？學校沒有呢。這床架是公家的，竹笆都是私人打的，人家調走，當然要帶走。這桌，這椅，是公家的，人家沒帶走嘛。」老黑瞧瞧我，摸一摸頭。我說：「看來還得回隊上把我床上的竹笆拿來。」老黑說：「好吧，連鋤一起拿來，我還以為你會享了福呢。」我笑笑，說：「都是在山溝裡，福能享到哪兒去呢？」老陳說：「你既帶了刀，到這後邊山上砍一根竹子，剖開就能用。」我說：「新竹子潮，不好睡，還是拿隊上我的吧。」

前面學校的鐘響了，老陳說：「你們收拾一下，我去看看。」就鑽出門，甩著胳膊去了。我和老黑將亂紙掃出屋外，點一把火燒掉，又將壁上的紙整齊，屋裡於是顯得乾淨順眼。我讓老黑在凳上歇，他不肯，坐到桌上讓我坐凳。我心裡暢快了，遞給老黑一支煙，自己叼了一支，都點著了，長長吐出一口，慢慢坐在凳上，不想一跤翻在地上。坐起來一看，凳的四隻腳剩了三隻，另一隻撇在一邊。老黑笑得渾身亂顫，我看桌子也晃來晃去，連忙爬起，叫老黑下來，都坐到床檔上。

## 二

上午收拾停當，下午便開始教書了。老陳叫我去，交給我一個很髒的課本和一盒粉筆，還有紅、藍墨水，一隻蘸水鋼筆，一個備課本。老陳說：「課本不要搞丟，丟了，不好再找。」我見課本實在髒得可以，已被折得很軟，捏在手裡沉甸甸的有些涼，翻開，當中用鉛筆鋼筆批注了許多，雜以粉筆灰，便有些嫌惡，說：「這是誰的課本？沒有病吧？」辦公室裡幾個女教師笑起來，說：「當然有病。」我看看她們，見她們面前的書本都乾乾淨淨，就自己捏住書脊抖。老陳也笑起來，說：「哪裡有病？走了的李老師有些馬虎，不太注意就是了。可他課本沒有搞丟，就不容易了。你看，這是課表。」說著遞給我一張紙。我看看，心裡一顫，說：「怎麼？教初三？我高中才唸了一年，如何能教初三？」老陳笑瞇瞇地說：「怎麼不能教？教就是了，不難的。」我堅決推辭，說了無數理由，其中主要是學歷太淺。

老陳摸摸桌子，說：「那誰教呢？我教？我才完小畢業，更不行了。試一試吧？幹起來再說。」我又說初三是畢業班，升高中是很吃功夫的。老陳說：「不怕。這裡又沒有什麼高中，學完就是了，試一試吧。」我心裡打著鼓，便不說話。老陳鬆了一口氣，站起來，說：「等一下上課，我帶你去班裡。」我還要辯，見幾位老師都異樣地看著我，其中一個女老師說：「怕哪樣？我們也都是不行的，不也教下來了麼？」我還要說，上課鐘響了，老陳一邊往外走，一邊招我隨去。我只好拿了一應教具，慌慌地跟老陳出去。

老陳走到一間草房門前，站下，說：「進去吧。」我見房裡很黑，只有門口可見幾個學生在望著我，便覺得如同上刑，又忽然想起來，問：「教到第幾課了？」老陳想一想，說：「剛開學，大約是第一課吧。」這時房裡隱隱有些鬧，老陳便進去，大聲說：「今天，由新老師給你們——不要鬧，聽見沒有？鬧是沒有好下場的！今天，由新老師給你們上課，大家要注意聽！」說著就走出來。我體會該我進去了，便一咬牙，一腳邁進去。

剛一進門，猛然聽到一聲吆喝：「起立！」桌椅乒乒乓乓響，教室裡立起一大片人。我吃了一驚，就站住了。又是一聲吆喝，桌椅乒乒乓乓又響，一大片人又紛紛坐下。一個學生喊：「老師沒叫坐下，咋個坐下了？」桌椅乒乒乓乓再響起來，一大片人再站起來。我急忙說：「坐下了。坐下了。」學生們笑起來，乒乒乓乓坐下去。

我走到黑板前的桌子後面，放下教具，慢慢抬起頭，看學生們。

山野裡很難有這種景象，這樣多的蓬頭垢面的娃子如分吃什麼般聚坐在一起。桌椅是極簡陋的，無漆，卻又髒得露不出本色。椅是極長的矮凳，整棵樹劈成，被屁股們蹭得如同敷蠟。數十隻眼睛亮亮地瞪著。前排的娃子極小，似乎不是上初三的年齡；後排的卻已長出鬍鬚，且有喉節。

我定下心，清一清喉嚨，說：「嗯。開始上課。你們已經學到第幾課了呢？」話一出口，心裡虛了一下，覺得不是老師問的話。學生們卻不理會，紛紛叫著：「第一課！第一課！該第二課了。」我拿起沉甸甸的課本，翻到第二課，說：「大家打開第四頁。」卻聽不到學生們翻書的聲音，抬頭看時，學生們都望著我，不動。我說：「翻到第四頁。」學生們仍無反應。我有些不滿，便指了最近的一個學生問：「書呢？拿出來，翻到第四頁。」這個學生仰了頭問我：「什麼書？沒得書。」學生們亂亂地吵起來，說沒有書。我掃看著，果然都沒有書，於是生氣了，啪地將課本扔在講台上，說：「沒有書？上學來，不帶書，上的哪樣學？誰是班長？」於是立起一個瘦瘦的小姑娘，頭髮黃黃的，有些害怕地說：「沒有書。每次上課，都是李老師把課文抄在黑板上，教多少，抄多少，我們抄在本本上。」我呆了，想一想，說：「學校不發書嗎？」班長說：「沒有。」我一下亂了，說：「哈！做官沒有印，讀書不發書。讀書的事情，是鬧著玩兒的？我上學的時候，開學第一件事，便是領書本，新新的，包上皮，每天背來，上什麼課，拿出什麼書。好，我去和學校說，這是什麼事！」說著就走出草房，背後一下亂起來，我返身回去，說：「不要鬧！」就又折身去找老陳。

老陳正在仔細地看作業，見我進來，說：「還要什麼？」我沉一沉氣：「我倒沒忘什麼，可學校忘了給學生發書了。」老陳笑起來，說：「呀，忘了，忘了說給你。書是沒有的。咱們地方小，訂了書，到縣裡去領，常常就沒有了，說是印不出來，不夠分。別的年級來了幾本，學生們夥著用，大部份還是要抄的。這裡和大城市不一樣呢。」我奇怪了，說：「國家為什麼印不出書來？紙多得很嘛！生產隊上一發批判學習材料就是多少，怎麼會課本印不夠？」老陳正色道：「不要亂說，大批判放鬆不得，是國家大事。課本印不夠，總是國家有困難，我們抄一抄，克服一下，嗯？」我自知失言，嘟囔幾下，走回去上課。

進了教室，學生們一下靜下來，都望著我。我拿起課本，說：「抄吧。」學生們紛紛拿出各式各樣的本子，翻好，各種姿勢坐著，握著筆，等著。

我翻到第二課，捏了粉筆，轉身在黑板上寫下題目，又一句一句地寫課文。學生們也都專心地抄。遠處山上有人在吆喝牛，聲音隱隱傳來，我忽然分了心，想那牛大約是吃了什麼不該吃的東西，被人趕開。我在隊上放過不少時間的牛。牛是極犟的東西，而且有氣度，任打任罵，慢慢眨著眼吃牠想吃的東西。我總想，大約哲學家便是這種樣子，否則學問如何做得成功？但「哲學家」們也有慌張的時候，那必是我撒尿了。牛饞鹹，尿鹹，於是牛們攢頭攢腦地聚來接尿吃，極是快活。我甚至常憋了尿，專門到山上時餵給牛們，那是一滴也不會浪費的。凡是給牛餵過尿的，牛便死心塌地地聽你吆喝，敬如父母。我也常常是領了一群朋黨，快快樂樂以尿做領袖。

忽然有學生說：「老師，牛下面一個水是什麼字？」我醒悟過來，趕忙擦了，繼續寫下去。

一個黑板寫完，學生們仍在抄，我便放了課本，看學生們抄，不覺將手抄在背後，快活起來，想：學生比牛好管多了。

一段課文抄完，自然想要講解，我清清喉嚨，正待要講，忽然隔壁教室歌聲大作，震天價響，又是時下推薦的一首歌，絕似吵架鬥嘴。這歌唱得屋頂上的草也抖起來。我隔了竹笆縫望過去，那邊正有一個女教師在鼓動著，學生們大約也是悶了，正好發洩，喊得地動山搖。

我沒有辦法，只好轉過身望著學生們。學生們並不驚奇，開始交頭接耳，有些興奮，隔壁的歌聲一停，我又待要講，下課鐘就敲起來。我搖搖頭，說：「下課吧。」班長大喊：「起立！」學生們乒乒乓乓站起來，奪門跑出去。

我在學生後面走出來，見那女教師也出來，便問她：「你的音樂課嗎？」她望望我，說：「不是呀。」我說：「那怎麼唱起來了？鬧得我沒法講課。」她說：

「要下課了嘛。唱一唱，學生們高興，也沒有一兩分鐘。你也可以唱的。」

教室前的空地上如我初來的景象，大大小小的學生們奔來跑去，塵土四起。不一刻，鐘又敲了，學生們紛紛回來，坐好。班長自然又大喊起立，學生們站起來。我嘆了一口氣，說：「書都沒有，老起什麼立？算了，坐下接著抄課文吧。」

學生們繼續抄，我在教室裡走來走去。因凳都是連著的，不好邁到後排去，只好在黑板前晃，又不免時時擋住學生的眼睛，便移到門口立著，漸漸覺得無聊。

教室前的場子沒了學生，顯出空曠。陽光落在地面，有些晃眼。一隻極小的豬跑過去，忽然停下來，很認真地在想，又思索著慢慢走。我便集了全部興趣，替它數步。小豬忽然又跑起來，數目便全亂了。正懊惱間，忽然又發現遠處一隻母雞在隨便啄食，一隻公雞繞來繞去，母雞卻全不理會，佯作無知。公雞終於靠近，抖著身體，面紅耳赤。母雞輕輕跑幾步，極清高地易地啄食，公雞擻一下毛，昂首闊步，得體地東張西望幾下，慢慢迂迴前去。我很高興，便注意公雞得手的情況。忽然有學生說：「老師，抄好了。」我回過頭，見有幾個學生望著我。我問：「都抄好了？」沒有抄好的學生們大叫：「沒有！沒有！」我一邊說「快點兒」，一邊又去望雞，卻見公雞母雞都在擻著羽毛，事已完畢。心裡後悔了一下，便將心收攏回來，笑著自己，查點尚未抄完的學生。

學生們終於抄好，紛紛抬頭望我。我知道該我了，便沉吟了一下，說：「大家抄也抄完了，可明白說的是什麼？」學生們仍望著我，無人回答。我又說：「這課文很明白，是講了一個村子的故事。你們看不懂這個故事？」學生們仍不說話。我不由說得響一些：「咦？真怪了！你們識了這麼多年字，應該能看懂故事了嘛。這篇課文，再明白不過。」隨手指了一個學生，「你，說說看。」這個學生是個男娃，猶猶豫豫站起來，望望我，又望望黑板，又望望別的學生，笑一笑，說：「認不得。」就坐下了。我說：「站著。怎麼會不知道？這麼明白的故事，你又不是傻瓜。」那學生又站起來，有些不自在，忽然說：「我要認得了，要你教什麼？」學生們一下都笑起來，看著我。我有些惱，說：「一個地主搞破壞，被貧下中農揪出來，於是這個村子的生產便搞上去了。這還不明白？這還要教？怪！」我指一指班長：「你說說看。」班長站起來，回憶著慢慢說：「一個地主搞破壞，被貧下中農揪出來，於是那——這個村子的生產便搞上去了。」我說：「你倒學得快。」話剛一說完，後排一個學生突然大聲說：「你這個老師真不咋樣！沒見過你這麼教書的。該教什麼就教什麼嘛，先教生字，再教劃分段落，再教段落大意，再教主題思想，再教寫作方法。該背的背，該留作業的留作業。我都會教。你肯定在隊上幹活就不咋樣，跑到這裡來混飯吃。」我望著這個學生，只見他極大的一顆頭，比得脖子有些細，昏暗中眼白轉來轉去地閃，不緊不慢地說，用手抹一抹嘴，竟嘆了一口氣。學生們都望著我，不說話。我一時竟想不出什麼，呆了呆，說：「大家都叫什麼名字，報一報。」學生們仍不說話，我便指了前排最左邊的學生：「你。報一報。」學生們便一個一個地報過來。

我看準了，說：「王福，你說你都會教，那你來教一下我看。」王福站起來，瞪眼看著我，說：「你可是要整我？」我說：「不要整你。我才來學校，上課前才拿到書，就這麼一本。講老實話，字，我倒是認得不少；書，沒教過，不知道該教你們什麼。你說說看，李老師是怎麼教的？」王福鬆懈下來，說：「我不過是氣話，怎麼就真會教？」我說：「你來前面，在黑板上說說。第一，哪些字不認識？你們以前識了多少字，我不知道。」王福想了想，便離開座位，邁到前邊來。

王福穿一件極短的上衣，胳膊露出半截。褲也極短，揪皺著，一雙赤腳極大。他用手拈起一隻粉筆，手極大。我說：「你把你不識的字在底下劃一橫。」王福看了一會兒，慢慢在幾個字底下劃上短線，劃完了，又看看，說：「沒得了。」便抬腳邁回到後排坐下。我說：「好，我先來告訴你們這幾個字。」正要講，忽然有一個學生叫：「我還有字認不得呢！」這一叫，又有幾個學生也紛紛叫有認不得的字。我說：「好嘛。都上來劃。」於是學生們一窩蜂地上來拿粉筆。我說：「一個一個來。」學生們就擁在黑板前，七手八腳劃了一大片字。我粗粗一看，一黑板的課文，竟有三分之二學生認不得的字。我笑了，說：「你們是怎麼唸到初三的呢？怪不得你們不知道這篇課文講的是什麼。這裡有一半的字都應該在小學就認識了。」王福在後面說：「我劃的三個字，是以前沒有教過的。我可以給你找出證明來。」我看一看黑板，說：「這樣吧，凡是劃上的字，我都來告訴你們，我們慢慢再來整理真正的生字。」學生們都說好。

一字一字教好，又有一間教室歌聲大作，我知道要下課了，便說：「我們也來唱一支歌。你們會什麼呢？」學生們七嘴八舌地提，我定了一首，班長起了音，幾十條喉嚨便也震天動地地吼起來。我收拾著一應教具，覺得這兩節課尚有收穫，結結實實地教了幾個字，有如一天用鋤翻了幾分山地，計工員來量了，認認真真地記在賬上。歌聲一停，鐘就響了，我看看班長，說：「散吧。」班長說：「作業呢？要留作業呢！」我想一想，說：「作業就是把今天的生字記好，明天我來問。就這樣。」班長於是大喊起立，學生們乒乒乓乓地立起來，在我之前竄出去。

我將要出門，見王福從我身邊過去，便叫住他，說：「王福，你來。」王福微微有些呆，看看門外，過來立住。我說：「你說你能證明哪些是真正的生字，怎麼證明呢？」王福見我問的是這個，便高興地說：「每天抄的課文，凡是所有的生字，我都另寫在紙上。我認識多少字，我有數，我可以拿來給你看。」說罷邁到他自己的位子，拿出一隻布包，四角打開，取出一個本子，又將包包好，放回去，邁到前邊來，將本子遞給我。我翻開一看，是一本獎給學習毛著積極分子的本子，上寫獎給「王七桶」。我心裡「呀」了一聲，這王七桶我是認識的。

王七桶綽號王稀屎。稀屎是稱呼得極怪的，因為王七桶長得雖然不高，卻極結實，兩百斤的米包，扛走如飛，絕不似稀屎。我初與他結識是去縣裡拉糧食。山裡吃糧，需坐拖拉機走上百多里到縣裡糧庫拉回。這糧庫極大，米是山一樣堆在大屋裡，用簸箕一下下收到麻袋裡，再一袋袋扛出去裝上車斗。那一次是兩個生產隊的糧派一個拖拉機出山去拉。早上六點，我們隊和三隊拉糧的人便聚來車隊，一個帶拖斗的「東方紅」拉了去縣裡。一上車，我們隊的司務長便笑著對三隊的一個人說：「稀屎來了？」被稱作稀屎的人不說話，只縮在車角悶坐著。我因被派了這次工，也來車上坐著，恰與他是對面，見他衣衫破舊，耳上的泥結成一層殼，且面相凶惡，手腳奇大，不免有些防他。兩個隊的人互相讓了煙，都沒有人讓他。我想了想，便將手上的煙指給他，說：「抽？」他轉過眼睛，一臉的凶肉忽然都順了，點一點頭，將雙手在褲上使勁擦一擦，笸籮一樣伸過來接。三隊的司務長見了，說：「稀屎，抽煙治不了啞巴。」大家都笑起來。我疑惑了，看著他。他臉紅起來，摸出火柴自己點上，吸一大口，吐出來，將頭低下，一枝細白的煙捲像插在樹節上。車開到半路遇到泥濘，他總是爬下去。一車的人如不知覺一般仍坐在車上。他一人在下死勁扛車幫，車頭轟幾下，爬上來，繼續往前開，他便跑幾步，用手勾住後車板，自己翻上來，顛簸著坐下。別人仍若無其事地說笑著，似乎他只是一個機器部件，出了故障，自然便有這個部件的用途。我因不常出山，沒坐過幾回車，所以車第二次陷在泥裡時，便隨他下車去推。車爬上去時，與他追了幾步。他自己翻上去了，我沒有經驗，連車都沒有扒上。他坐下後，見我還在後面跑，就弓起身子怪叫著，車上人於是發現，我喊叫起來，司機停下車。他一直弓著身子，直到我爬上車斗，方才坐下，笑一笑。三隊的司務長說：「你真笨，車都扒不上麼？」我喘息未定，急急地說：「你不笨，要不怎麼不下車推一把呢？」三隊的司務長說：「稀屎一個人就夠了嘛！」車到縣裡，停在糧庫門前。三隊來拉糧的人除了司務長在交接手續，別的人都去街上逛，只餘他一人在。我們隊的人進到庫房裡，七手八腳地裝糧食。裝到差不多，停下一看，那邊只他一人在裝，卻也裝得差不多了。我們隊的人一袋一袋地上車，三隊卻仍只有他一人上車。百多斤的麻袋，他一人扛走如飛。待差不多時，三隊的人買了各樣東西回來，將剩下的一兩袋扔上車斗，車便開到街上。我們隊的人跳下去逛街，三隊的人也跳下再去逛街，仍是餘他一人守車。我跳下來，仰了頭問他：「你不買些東西？」他搖一搖頭，坐在麻袋上，竟是快樂的。我一邊走，一邊問三隊的司務長：「啞巴叫什麼？」司務長說：「王七桶。」我問：「為什麼叫稀屎呢？」司務長說：「稀屎就是稀屎。」我說：「稀屎可比你們隊的乾屎頂用。」司務長笑了，說：「所以我才每次拉糧只帶他出來。」我奇怪了，問：「那幾個人不是來拉糧的？」司務長看看我，說：「他們是出來辦自己的事的。」我說：「你也太狠了，只帶一個人出來拉一個隊的糧，回去只補助一個人的錢。」司務長笑笑，說：「省心。」我在街上逛了一回，多買了一包煙。回到車邊，見王七桶仍坐在車上，就將煙扔給他，說：「你去吃飯，我吃了來的。」王七桶指一指嘴，用另一隻手攔一下，再用指嘴的手向下一指，表示吃過了。我想大約他是帶了吃的，便爬上車，在麻袋上躺下來。忽然有人捅一捅我，我側頭一看，見王七桶將我給他的煙放在我旁邊，煙包撕開了，他自己手上捏著一支。我說：「你抽。」他舉一舉手上的煙。我坐起來，說：「這煙給你。」將煙扔給他。他拿了煙包，又弓身放回到我旁邊。我自己抽出一枝，點上，慢慢將煙吐出來，看著他。逛街的人都回來了，三隊的司務長對王七桶說：「你要的字典還是沒有。」王七桶「啊、啊」著，眼睛異樣了一下，笸籮一樣的手鬆下來，似乎覺出一天勞作的累來。司機開了車，一路回到山裡，先到我們隊上將糧卸了，又拉了王七桶一隊的糧與人開走。我扛完麻袋回到場上，將將與遠去的王七桶舉手打個招呼。

我於是知道王福是王七桶的兒子，就說：「你爹我知道，很能幹。」王福臉有些紅，不說話。我翻開這個本子，見一個本子密密麻麻寫滿了獨個的字，便很有興趣地翻看完，問王福：「好。有多少字呢？」王福問：「算上今天的嗎？」我呆了一下，點點頭。王福說：「算上今天的一共三千四百五十一個字。」我吃了一驚，說：「這麼精確？」王福說：「不信你數。」我知道我不會去數，但還是翻開本子又看，說：「一二三四五六七八九十，這十個數目字你算十個字嗎？」王福說：「當然，不算十個字，算什麼呢？算一個字？」我笑了，說：「那麼三千四百五十一便是三千四百五十一個字了？」王福沒有聽出玩笑，認真地說：「十字後面是百、千、萬、億、兆。這兆字現在還沒有學到，但我認得。凡我認得而課文中沒有教的字，我都收在另一個本上。這樣的字有四百三十七個。」我說：「你倒是學得很認真。我現在還不知道我學了多少字呢。」王福說：「老師當然學得多。」這時鐘響了，我便將本子還給王福，出去回到辦公室。

老陳見我回來了，笑瞇瞇地問：「怎麼樣？還好吧？剛開始的時候有些那個，一下就會習慣的。」我在分給我的桌子後面坐下來，將課本放在桌子上，想了想，對老陳說：「這課的教法是不是有規定？恐怕還是不能亂教。課本既然是全國統一的，那怎麼教也應該有個標準，才好讓人明白是教對了。比如說吧，一篇文章，應劃幾個段落？段落大意是什麼？主題思想又是什麼？寫作方法是怎麼個方法？我說是這樣了，別的學校又教是那樣。這語文不比數學。一加一等於二，世界上哪兒都是統一的。語文課應該有個規定才踏實。」老陳說：「是呀，有一種備課教材書，上面都寫得有，也是各省編的。但是這種書我們更買不到了。」我笑了起來，說：「誰有，你指個路子，我去抄嘛。」老陳望望外面，說：「難。」我說：「老陳，那我可就隨便教了，符不符合規格，我不管。」老陳嘆了一口氣，說：「教吧。規定十八歲人才可以參加工作，才得工資，這些孩子就是不學，也沒有事幹，在這裡學一學，總是好的。」我輕鬆起來，便伏在桌上一課一課地先看一遍。

課於是好教起來，雖然不免常常犯疑。但我認定識字為本，依了王福的本子為根據，一個字一個字地落實。語文課自然有作文項目，初時學生的作文如同天書，常常要猜字到半夜。作文又常常僅有幾十字，中間多是時尚的語句，讀來令人瞌睡，想想又不是看小說，倒也心平氣和。只是漸漸懷疑學生們寫這些東西於將來有什麼用。

這樣教了幾天，白天很熱鬧，晚上又極冷清，便有些想隊裡，終於趁了一個星期天，回隊裡去耍。老黑見我回來，很是高興，拍拍床鋪叫我坐下，又出去喊來往日要好的，自然免不了議論一下吃什麼，立刻有人去準備。來娣聽說了，也聚來屋裡，上上下下看一看我，就在鋪的另一邊靠我坐下。床往下一沉，老黑跳起來說：「我這個床睡不得三個人！」來娣倒反整個坐上去，說：「那你就不要來睡，礙著我和老師敘話。」大家笑起來，老黑便蹲到地下。來娣撩撩頭髮，很親熱地說：「呀，到底是在屋裡教書，看白了呢！」我打開來娣伸過來的胖手，說：「不要亂動。」來娣一下叫起來：「咦？真是尊貴了，我們勞動人民碰不得了。告訴你，你就是教一百年書，我還不是知道你身上長著什麼？哼，才幾天，就夾起來裝斯文！」我笑著說：「我斯文什麼？學生比我斯文呢。王七桶，就是三隊的王稀屎，知道吧？他有個兒子叫王福，就在我的班上，識得三千八百八十八個字。第一節課我就出了洋相，還是他教我怎麼教書的呢。」大家都不相信，我便把那天的課講了一遍。大家聽了，都說：「真的，咱們識得幾個字呢？誰數過？」我說：「我倒有一個法子。我上學時，語文老師見班上有同學學習不耐煩，就說：『別的本事我不知道你們有多大，就單說識字吧。一本新華字典，你們隨便翻開一頁。這一頁上你們若沒有一個不會讀、寫、解的字，我就服。以後有這本事的人上課鬧，我管，我不姓我的姓。』大家不信，當場拿來新華字典一翻，真是這樣。瞧著挺熟的字，讀不出來；以為會讀的字，一看拼音，原來自己讀錯了；不認識，不會解釋的字就更多了。大家全服了。後來一打聽，我們這位老師每年都拿這個法子治學生，沒一回不靈的。」大家聽了，都將信將疑，紛紛要找本新華字典來試一試，但想來想去沒有人有字典，我說我也沒有字典，大約還是沒有賣的。來娣一直不說話，這時才慢慢地說：「沒有字典，當什麼孩子王？拉倒吧！老娘倒是有一本。」我急忙說：「拿來給我。」來娣臉上放一下光，將身仰倒，肘撐在床上，把胖腿架起來，說：「那是要有條件的。」大家微笑著問她有什麼條件。來娣慢慢團身坐起來，用腳夠上鞋，站到地上，抻一抻衣服，攏一攏頭，向門口走去，將腰以下扭起來，說：「哎，支部書記嘛，咱們不要當；黨委書記嘛，咱們也不要當，也就是當個音樂老師。怎麼樣？一本字典還抵不上個老師？真老師還沒有字典呢！」大家都看著我，笑著。我撓一撓頭，說：「字典有什麼稀奇，可以去買，再說了，老陳還不是有？我可以去借。」來娣在門口停下來，很洩氣地轉回身來，想一想，說：「真的，老桿兒，學校的音樂課怎麼樣？盡教些什麼歌？」我笑了，把被歌聲嚇一跳的事講述了一遍。來娣把雙手叉在腰上，頭一擺，說：「那也叫歌？真見了鬼了。我告訴你，那種歌叫『說』歌，根本不是唱歌。老桿兒，你回去跟學校說，就說咱們隊有個來娣，歌子多得來沒處放，可以請她去隨便教幾支。」我說：「我又不是領導，怎麼能批准你去？」來娣想了想，說：「這樣吧，你寫個詞，我來作個曲。你把我作的歌教給你們班上的學生唱，肯定和別的班的歌子不一樣，領導問起來，你就說是來娣作的。領導信了我的本事，篤定會叫我去教音樂課。」大家都笑來娣異想天開。我望望來娣。來娣問：「怎麼樣？」我說：「可以，可以。」老黑站起來說：「什麼可以？作曲你以為是鬧著玩兒的？那要大學畢業，專門學。那叫藝術，懂嗎？藝術！看還狂得沒邊兒了！」來娣脹紅了臉，望著我。我說：「我才唸了幾年書，現在竟去教初三。世界上的事兒難說，什麼人能幹什麼事真說不準。」來娣哼了一聲說：「作曲有什麼難？我自己就常哼哼，其實寫下來，就是曲子，我看比現在的那些歌都好聽。」說完又過來一屁股坐在床上，一拍我的肩膀：「怎麼樣，老桿兒？就這麼著。」

出去搜尋東西的人都回來了，有乾筍，有茄子、南瓜，還有野豬肉乾巴，酒自然也有。老黑劈些柴來，來娣支起鍋灶，乒乒乓乓地整治，半個鐘頭後竟做出十樣葷素。大家圍在地下一圈，講些各種傳聞及隊裡的事，笑一回，罵一回，慢慢吃酒吃菜。我說：「還是隊裡快活。學校裡學生一散，冷清得很，好寂寞。」來娣說：「我看學校裡不是很有幾個女老師嗎？」我說：「不知哪裡來的些斯文人，晚上活著都沒有聲響。」大家笑了起來，問：「要什麼聲響？」我也笑了，說：「總歸是斯文，教起書來有板有眼，我其實哪裡會教？」老黑喝了一小口酒，說：「照你一說，我看確是識字為本。識了字，就好辦。」有人說：「上到初三的學生，字比咱們識得多。可我看咱們用不上，他們將來也未必有用。」來娣說：「這種地方，識了字，能寫信，能讀報，寫得批判稿就行，何必按部就班唸好多年？」老黑說：「怕是寫不明白，看不懂呢。我前幾天聽半導體，裡面講什麼是文盲。我告訴你們，識了字，還是文盲，非得讀懂了文章，明白那裡面的許多意思，才不是文盲。」大家都愣了，疑惑起來，說：「這才怪了！掃盲班就是識字班嘛。識了字，就不是文盲了嘛。我們還不都是知識青年？」我想一想，說：「不識字，大約是文字盲，讀不懂，大約是文化盲。老黑聽的這個，有道理，但好像大家都不這麼分著講。」老黑說：「當然了，那廣播是英國的中文台，講得好清楚。」大家笑起來，來娣把手指逼到老黑的眼前，叫：「老黑，你聽敵台，我去領導那裡揭發你！」老黑也叫起來：「哈，你告嘛！支書還不是聽？國家的事，百姓還不知道，人家馬上就說了。林禿子死在溫都爾汗，支書當天就在耳機子裡聽到了，瘟頭瘟腦地好幾天，不肯相信。中央宣布了，他還很得意，說什麼早就知道了。其實大家也早知道了，只是不敢說，來娣，你的那些亂七八糟的歌哪裡來的？還不是你每天從敵台學來的！什麼甲殼蟲，什麼埃巴，什麼列儂，亂七八糟，你多得很！」來娣夾了一口菜，嚼著說：「中央台不清楚嘛，誰叫咱們在天邊地角呢。告訴你，老黑，中央台就是有雜音，我也每天還是聽。」老黑說：「中央台說了上句，我就能對出下句，那都是套路，我摸得很熟，不消聽。」我笑起來，說：「大約全國人民都很熟。我那個班上的學生，寫作文，社論上的話來得個熟，不用教。你出個慶祝國慶的作文題，他能把去年的十一社論抄來，你還覺得一點兒不過時。」大家都點頭說不錯，老黑說：「大概我也能教書。」我說：「肯定。」

飯菜吃完，都微微有些冒汗。來娣用臉盆將碗筷收拾了拿去洗，桌上的殘餘掃了丟出門外，雞、豬、狗聚來擠吃。大家都站到門外，望望四面大山，舌頭在嘴裡攪來攪去，將餘渣嗞淨。我看看忙碌的豬狗，嘴臉都還是原來的樣子，不覺笑了，說：「山中方七日，學校已千年。我還以為過了多少日子呢。」正說著，支書遠遠過來，望見我，將手背在屁股上，笑著問：「回來了？書教得還好？」我說：「挺好。」支書近到眼前，接了老黑遞的煙，點著，蹲下，將煙吐給一隻狗。那狗打了一個噴嚏，搖搖尾巴走開。支書說：「老話說：家有隔夜糧，不當孩子王。學生們可鬧？」我說：「鬧不到哪裡去。」支書說：「聽說你教的是初三，不得了！那小學畢業，在以前就是秀才；初中，就是舉人；高中，大約就是狀元了。舉人不得了，在老輩子，就是不做官，也是地方上的聲望，巴結得很。你教舉人，不得了。」我笑了，說：「你的兒子將來也要唸到舉人。」支書臉上放出光來，說：「唉，哪裡有舉人的水平。老輩子的舉人要考呢。現在的學生也不考，隨便就唸，到了歲數，回到隊上幹活，識字就得。我那兒子，寫封信給內地老家，三天就回信了，我叫兒子唸給我，結結巴巴地他也不懂，我也不懂。」來娣正端了碗筷回來，聽見了，說：「又在說你那封信，也不怕臊人。」支書笑瞇瞇地不說話，只抽煙。來娣對了我們說：「支書請到我，說叫我看看寫的是什麼。我看來看去不對頭，就問支書：『你是誰的爺公？』支書說：『我還做不到爺公。』我說：『這是寫給爺公的。』弄來弄去，原來是他兒子寫的那封信退回來了，還假模假式地當收信唸。收信地址嘛，寫在了下面，寄信的地址嘛，寫在了上面。狗爬一樣的字，認都認不清；讀來讀去，把舌頭都咬了。」大家都哄笑起來，支書也笑起來，很快活的樣子，說：「唉，說不得，說不得。」

我在隊裡轉來轉去，耍了一天，將晚飯吃了，便要回去。老黑說：「今夜在我這兒睡，明天一早去。」我說：「還是回去吧。回去準備準備，一早上課，從從容容的好。」老黑說也好，便送我上路。我反留住他，說常回來耍，自己一個人慢慢回去。老黑便只送到隊外，搖搖手回去了。

天色正是將晚，卻有紅紅的一條雲在天上傍近山尖。林子中一條土路有些模糊，心想這幾天正是無月，十里路趕回去，黑了怕有些躊躇，便加快腳步疾走。才走不到好遠，猛然路旁閃出一個人來。我一驚，問：「哪個？」那人先笑了，說：「這麼快走，趕頭刀嗎？」原來是來娣，我放下心，便慢慢走著，說：「好晚了，你怎麼上山了？」來娣說：「咦？你站下。我問你，你走了，怎麼也不跟老娘告別一下？」我笑了，說：「老嘴老臉的，告別什麼。我常回來。」來娣停了一下，忽然異聲異氣地說：「老桿兒，你說的那個事情可是真的？」我疑惑了，問：「什麼事？」來娣說：「說你斯文，你倒靦著臉做貴人，怎麼一天還沒過就忘事？」我望一望天，眼睛移來移去地想，終於想不出。來娣忽然羞澀起來，嗯了一會兒。我從未見來娣如此忸怩過，心頭猛然一撞，臉上熱起來，脖子有些粗，硬將頭低下去。來娣嘆了一口氣，說：「唉，你真忘了？你不是說作個曲子嗎？」我頭上的脈管一下縮回去，罵了自己一下，說：「怎麼是我忘了？那是你說的嘛。」來娣說：「別管是誰說的，你覺得怎樣？」我本沒有將這事過心，見來娣認真，就想一想，說：「可以吧。不就是編個歌嗎？你編，我叫我們班上唱。」我又忽然興奮起來，舔一舔嘴，說：「真的，我們搞一個歌，唱起來跟別的歌都不一樣，嘿！好！」來娣也很興奮，說：「走，老娘陪你走一段，我們商量商量看。」我說：「你別總在老子面前稱老娘。老子比你大著呢。」來娣笑了：「好嘛，老子寫詞，老娘編曲。」我說：「詞恐怕我寫不來。」來娣說：「剛說的，你怎麼就要退了？不行，你寫詞，就這麼定了。」我想一想，說：「那現在也寫不出來。」來娣說：「哪個叫你現在寫？我半路上等你，就是為這個，老黑幾個老以為我只會燒火做飯，老娘要悄悄做出一件事，叫他們服氣。」我看看天幾乎完全黑下來，便說：「行，就這麼定了，你等我的詞。我得走了。」說完便快快向前走去。走不多遠，突然又聽來娣在後面喊：「老桿兒，你看我糊塗的，把正事都忘了！」我停下來轉身望去，來娣的身影急急地移近，只覺一件硬東西杵到我的腹上。我用手抓住，方方的一塊，被來娣的熱手托著。來娣說：「喏，這是字典，你拿去用。」我呆了呆，正要推辭，又感激地說：「好。可你不用嗎？」來娣在暗處中說：「你用。」我再也想不出什麼話，只好說：「我走了，你回吧。」說罷轉身便走，走不多遠，站下聽聽，回身喊道：「來娣，回吧！」黑暗中靜了一會，有腳步慢慢地響起來。

## 三

當晚想了很久的歌子，卻總是一些陳詞在盤旋，終於覺得脫不了濫調，便索性睡去。又想一想來娣，覺得太胖，量一量自己的手腳，有些慚愧，於是慢慢數數兒，漸漸睡著。

一早起來，霧中提來涼水洗涮了，有些興奮，但不知可幹些什麼，就坐下來吸煙，一下瞥見來娣給的字典，隨手拿來翻了，慢慢覺得比小說還讀得，上課鐘響了，方才省轉來，急急忙忙地去上課。

學生們也剛坐好。禮畢之後，我在黑板前走了幾步，對學生們說：「大家聽好，我要徹底清理一下大家的功課。你們學了九年語文……」學生們叫起來：「哪裡來九年？八年！」我疑問了，學生們算給我小學只有五年，我才知道教育改革省去小學一年，就說：「好，就是八年。可你們現在的漢語本領，也就是小學五年級，也許還不如。這樣下去，再上八年，也是白搭，不如老老實實地返回來學，還有些用處。比如說字，王福那裡有統計，是三千多字，有這三千多字，按說足夠用了。可你們的文章，錯字不說，別字不說，寫都寫不清楚。若寫給別人看，就要寫清楚，否則還不如放個臭屁有效果。」學生們亂笑起來，我正色道：「笑什麼呢？你們自己害了自己。其實認真一些就可以了。我現在要求，字，第一要清楚，寫不好看沒關係，但一定要清楚，一筆一劃。第二——嗯，沒有第二，就是第一，字要清楚。聽清楚了沒有？」學生們扯著嗓子吼：「聽清楚了！」我笑了，說：「有志不在聲高。咱們規定下，今後不清楚的字，一律算錯字，重寫五十遍。」學生們「噢」地哄起來。我說：「我知道。可你們想想，這是為你們好。唸了八年書，出去都寫不成個字，臊不臊？你們這幾年沒有考試，糊裡糊塗。大道理我不講，你們都清楚。我是說，你們起碼要對得起你們自己，講別的沒用，既學了這麼長時間，總要抓到一兩樣，才算有本錢。好，第二件事，就是作文不能再抄社論，不管抄什麼，反正是不能再抄了。不抄，那寫些什麼呢？聽好，我每次出一個題目，這樣吧，也不出題目了。怎麼辦呢？你們自己寫，就寫一件事，隨便寫什麼，字不在多，但一定要把這件事老老實實、清清楚楚地寫出來。別給我寫些花樣，什麼『紅旗飄揚，戰鼓震天』，你們見過幾面紅旗？你們誰聽過打仗的鼓？分場那一隻破鼓，哪裡會震天？把這些都給我去掉，沒用！清清楚楚地寫一件事，比如，寫上學，那你就寫：早上幾點起來，幹些什麼，怎麼走到學校來，路上見到些什麼——」學生們又有人叫起來：「以前的老師說那是流水賬！」我說：「流水賬就流水賬，能把流水賬寫清楚就不錯。別看你們上了九年，你們試試瞧。好，咱們現在就做起來。大家拿出紙筆來，寫一篇流水賬。就寫——就寫上學吧。」

學生們亂哄哄地說起來，紛紛在書包裡掏。我一氣說了許多，竟有些冒汗，卻暢快許多，好像出了一口悶氣。學生們拿出紙筆，開始寫起來。不到一分鐘，就有人大叫：「老師，咋個寫呀？」我說：「就按我說的寫。」學生說：「寫不出來。」我說：「慢慢寫，不著急。」學生說：「我想不起我怎麼上學嘛。」我靠在門邊，掃看著各種姿勢的學生，說：「會想起來的。自己幹的事情，自己清楚。」

教室裡靜了許久，隔壁有女老師在教課，聲音尖尖地傳過來，很是激昂，有板有眼。我忽然覺得，愈是簡單的事，也許真的愈不容易做，於是走動著，慢慢看學生們寫。

王福忽然抬起頭來，我望望他，他又不好意思地低下頭，將手裡的筆放下。我問：「王福，你寫好了？」王福點點頭。我邁到後面，取過王福的紙，見學生們都抬起頭看王福，就說：「都寫好了？」學生們又都急忙低下頭去寫。我慢慢看那紙上，一字一句寫道：

**我家沒有錶，我起來了，我穿起衣服，我洗臉，我去伙房打飯，我吃了飯，洗了碗，我拿了書包，我沒有錶，我走了多久，山有霧，我到學校，我坐下，上課。**

我不覺笑起來，說：「好。」邁到前邊，將紙放在桌上。學生們都揚起頭看我。我問：「還有誰寫完了？」又有一個學生交了過來，我見上面寫道：

**上學，走，到學校教室，我上學走。**

我又說：「好。」學生們興奮起來，互相看看，各自寫下去。

學生們已漸漸交齊，說起話來，有些鬧。終於鐘敲起來。我說了下課，學生們卻並不出去，擁到前邊來問。我說：「出去玩，上課再說。」學生們仍不散去，互相議論著。王福靜靜地坐在位子上，時時看我一眼，眼睛裡問著究竟。

鐘又敲了，學生們紛紛回到座位上，看著我。我拿起王福的作文，說：「王福寫得好。第一，沒有錯字，清楚。第二，有內容。我唸唸。」唸完了，學生們笑起來。我說：「不要笑。『我』是多了。講了一個『我』，人家明白了，就不必再有『我』。事情還是寫了一些，而且看到有霧，別的同學就誰也沒有寫到霧。大體也明白，只是逗號太多，一逗到底。不過這是以後糾正的事。」我又拿了第二篇，唸了，學生們又笑起來。我說：「可笑吧？唸了八年書，寫一件事情，寫得像兔子尾巴。不過這篇起碼寫了一個『走』字。我明白，他不是跑來的，也不是飛來的，更不是叫人背來的，而是走來的。就這樣，慢慢就會寫得多而且清楚，總比抄些東西好。」

王福很高興，眼白閃起來，抹一抹嘴。我一篇一篇唸下去，大家笑個不停。終於又是下課，學生們一擁出去，我也慢慢出來。隔壁的女老師也出來了，見到我，問：「你唸些什麼怪東西，笑了一節課？」我說：「笑笑好，省得將來耽誤事。」

（四）

課文於是不再教，終日只是認字，選各種事情來寫。半月之後，學生們慢慢有些叫苦，焦躁起來。我不免有些猶豫，但眼看學生們漸漸能寫清楚，雖然呆板，卻是過了自家眼手的，便決心再折磨一陣。

轉眼已過去半個月，學校醞釀著一次大行動，計劃砍些竹木，將草房頂的朽料換下來。初三班是最高年級，自然擔負著進山砍料運料的任務。我在班上說了此事，各隊來的學生都嚷到自己隊上去砍，決定不下。我問了老陳，老陳說還有幾天才動，到時再說吧。

終於到了要行動的前一天。將近下課，我說：「明天大家帶來砍刀，咱們班負責二百三十根料，今天就分好組，選出組長，爭取一上午砍好，下午運出來。」學生們問：「究竟到哪個隊去砍呢？」我說：「就到我們隊，我熟悉，不必花工夫亂找，去了就能砍。只是路有些遠，男同學要幫著女同學。」女學生們叫起來：「哪個要他們幫！經常做的活路，不比他們差。」忽然有學生問：「回來可是要作文？」我笑了，說：「不要先想什麼作文，幹活就痛痛快快幹，想些亂七八糟的東西，小心出危險。」學生說：「肯定要作文，以前李老師都是出這種題目，一有活動，就是記什麼什麼活動，還不如先說題目，我們今天就寫好。」我說：「你看你看，活動還沒有，你就能寫出來，肯定是抄。」王福突然望著我，隱隱有些笑意，說：「定了題目，我今天就能寫，而且絕對不是抄。信不信？」我說：「王福，你若能寫你父母結婚別人來吃喜酒的事情，那你就能今天寫明天怎麼砍料。」大家笑起來，看著王福。王福把一隻大手舉起來，說：「好，我打下賭！」我說：「打什麼賭？」王福看定了我，臉脹得很紅，說：「真的打賭？」我見王福有些異樣，心裡恍惚了一下，忽然想到這是再明白不過的事，就說：「當然。而且全班為證。」學生們都興奮起來，看著王福和我。我說：「王福，你賭什麼？」王福眼裡放出光來，剛要說，忽然低下頭去。我說：「我出賭吧。我若輸了，我的東西，隨便你要。」學生們「噉」地哄起來，紛紛說要我的鋼筆，要我的字典。王福聽到字典，大叫一聲：「老師，要字典。」我的字典早已成為班上的聖物，學生中有家境好一些的，已經出山去縣裡購買，縣裡竟沒有，於是這本字典愈加神聖。我每次上課，必將它放在我的講桌上，成為鎮物。王福常常借去翻看，會突然問我一些字，我當然不能全答出，王福就輕輕嘆一口氣，說：「這是老師的老師。」我見王福賭我的字典，並不懼怕，說：「完全可以。」我將字典遞給班長。學生們高興地看著班長，又看著我。我說：「收好了，不要給我弄髒。」王福把雙手在胸前抹一抹，慢慢地說：「但有一個條件。」我說：「什麼條件都行。」王福又看定我，說：「料要到我們三隊去砍。」我說：「當然可以。哪個隊都可以，到三隊也可以，不要以為明天到三隊去砍，今天你就可以事先寫出來。明天的勞動，大家作證，過程有與你寫的不符合的，就算你輸。不說別的，明天的天氣你就不知道。」王福並不洩氣，說：「好，明天我在隊裡等大家。」

我在傍晚將刀磨好，天色尚明，就坐在門前看隔壁的女老師洗頭髮，想一想說：「明天勞動，今天洗什麼頭髮，白搭工夫。」女老師說：「髒了就洗，有什麼不可以？對了，明天你帶學生到幾隊去？」我說：「到三隊。」女老師說：「三隊料多？」我說：「那倒不一定，但我和學生打了賭。」女老師說：「你淨搞些歪門邪道，和學生們打什麼賭？告訴你，你每天瞎教學生，聽說總場教育科都知道了，說是要整頓呢！不騙你，你可小心。」我笑了，說：「我怎麼是瞎教？我一個一個教字，一點兒不瞎，教就教有用的。」女老師將水潑出去，驚起遠處的雞，又用手撩開垂在臉前的濕髮，歪著眼睛看我，說：「統一教材你不教，查問起來，看你怎麼交代？」我說：「教材倒真是統一，我都分不清語文課和政治課的區別。學生們學了語文，將來回到隊上，是要當文書嗎？」女老師說：「德育嘛。」我說：「是嘛，我看漢語改德語好了。」女老師噗嗤一笑，說：「反正你小心。」

晚上閒了無聊，忽然記起與來娣約好編歌的事，便找一張紙來在上面畫寫。改來改去，忽然一個「辜負」的「辜」字竟想不起古字下面是什麼，明明覺得很熟，卻無論如何想不起來，於是出去找老陳借字典來查。黑暗中摸到老陳的門外，問：「老陳在嗎？」老陳在裡面答道：「在呢在呢，進來進來。」我推門進去，見老陳正在一張矮桌前改作業本，看清是我，就說：「坐吧，怎麼樣？還好吧？」我說：

「我不打擾，只是查一個字，借一下字典，就在這裡用。」老陳問：「你不是有了一本字典嗎？」我說：「咳，今天和王福打賭，我跟他賭字典，字典先放在公證人那裡了。」老陳笑一笑，說：「你總脫不了隊上的習氣，跟學生打什麼賭？雖說不講什麼師道尊嚴，可還要降得住學生。你若輸了，學生可就管不住了。」我說：「我絕不會輸。」老陳問：「為什麼呢？」我說：「王福說他能今天寫出一篇明天勞動的作文，你說他能贏嗎？我扳了他們這麼多日子老老實實寫作文的毛病，他倒更來虛的了。王福是極用功的學生，可再用功也編不出來明天的具體事兒，你等著看我贏吧。」老陳呆了許久，輕輕敲一敲桌子，不看我，說：「你還是要注意一下。學校裡沒什麼，反正就是教學生嘛。可不知總場怎麼知道你不教課本的事。我倒覺得抓一抓基礎還是好的，可你還是不要太離譜，啊？」我說：「學生們也沒機會唸高中，更說不上上大學了。回到隊裡，幹什麼事情都能寫清楚，也不枉學校一場。情況明擺著的，學什麼不學什麼，有用就行。要不然，真應了那句話，越多越沒用。」老陳嘆了一口氣，不說什麼。

我查了字典，笑話著自己的記性，辭了老陳回去。月亮晚晚地出來，黃黃的半隱在山頭，明而不亮，我望了望，忽然疑惑起來：王福是個極認真的學生，今天為什麼這麼堅決呢？於是隱隱有一種預感，好像有什麼不妙。又想一想，怎麼會呢？回去躺在床上時，終於還是認為我肯定不會輸，反而覺得贏得太容易了。

第二天一早，我起來吃了早飯，提了刀，集合了其他隊來的學生，向三隊走去。在山路上走，露水很大。學生們都赤著腳，沾了水，於是拍出響聲，好像是一隊鼓掌而行的隊伍。大家都很高興，說王福真傻，一致要做證明，不讓他把老師的字典騙了去。

走了近一個鐘頭，到了三隊。大約隊上的人已經出工，見不到什麼人，冷冷清清。我遠遠看到進山溝的口上立著一個緊短衣褲的孩子，想必是王福無疑。那孩子望見我們，慢慢地彎下腰，抬起一根長竹，放在肩上，一晃一晃地過來。我看清確是王福，正要喊，卻見王福將肩一斜，長竹落在地上，我這才發現路旁草裡已有幾十根長竹，都杯口粗細。大家走近了，問：「王福，給家裡扛料嗎？」王福笑嘻嘻地看著我，說：「我贏了。」我說：「還沒開始呢，怎麼你就贏了？」王福擦了一把臉上的水，頭髮濕濕地貼在頭皮上，衣褲無一處乾，也都濕濕地貼在身上，顏色很深。王福說：「走，我帶你們進溝，大家做個見證。」大家互相望望，奇怪起來。我一下緊張了，四面望望，遲疑著與學生們一路進去。

山中濕氣漫延開，漸漸升高成為雲霧。太陽白白地現出一個圓圈，在霧中走著。林中的露水在葉上聚合，滴落下來，星星點點，多了，如在下雨。

忽然，只見一面山坡上散亂地倒著百多棵長竹，一個人在用刀清理枝杈，手起刀落，聲音在山谷中鈍鈍地響來響去。大家走近了，慢慢站住。那人停下刀，回轉身，極凶惡的一張臉，目光掃過來。

我立刻認出了，那人是王七桶。王七桶極慢地露出笑容，抹一抹臉，一臉的肉順起來。我走上前去，說：「老王，搞什麼名堂？」王七桶怪聲笑著，向我點頭，又指指坡上的長竹，打了一圈的手勢，伸一伸拇指。王福走到前面，笑瞇瞇地說：「我和我爹，昨天晚上八點開始上山砍料，砍約了二百三十棵，抬出去幾十棵，就去寫作文，半夜以前寫好，現在在家裡放著，有知青作證。」王福看一看班長，說：「你做公證吧。字典，」王福忽然羞澀起來，聲音低下去，有些顫，「我贏了。」

我呆了，看看王福，看看王七桶。王七桶停了怪笑，仍舊去砍枝杈。學生們看著百多根長竹，又看看我。我說：「好。王福。」卻心裡明白過來，不知怎麼對王福表示。

王福看著班長。班長望望我，慢慢從挎包裡取出一個紙包，走過去，遞到王福手上。王福看看我，我嘆了一口氣，說：「王福，這字典是我送你的，不是你贏的。」王福急了，說：「我把作文拿來。」我說：「不消了。我們說好是你昨天寫今天的勞動，你雖然作文是昨天寫的，但勞動也是昨天的。記錄一件事，永遠在事後，這個道理是扳不動的。你是極認真的孩子，並且為班上做了這麼多事，我就把字典送給你吧。」學生們都不說話，王福慢慢把紙包打開，字典露出來，方方的一塊。忽然王福極快地將紙包包好，一下塞到班長手裡，抬眼望我，說：「我輸了。我不要。我要——我要把字典抄下來，每天抄，五萬字，一天抄一百，五百天。我們抄書，抄了八年呢。」

我想了很久，說：「抄吧。」

## 五

自此，每日放了學，王福便在屋中抄字典。我每每點一支煙在旁邊望他抄。有時懷疑起來，是不是我害了學生？書究竟可以這樣教嗎？學也究竟可以這樣學嗎？初時將教書看得嚴重，現在又將學習搞得如此呆板，我於教書，到底要負怎樣的責任？但看看王福抄得日漸其多，便想，還是要教認真，要教誠實，心下於是安靜下來，只是替王福苦。

忽一日，分場來了放映隊。電影在山裡極其稀罕，常要年把才得瞻仰一次。放映隊來，自然便是山裡的節日。一整天學生們都在說這件事，下午放學，路遠的學生便不回去，也不找飯吃，早早去分場佔地位。我估摸隊上老黑他們會來學校歇腳，便從教室扛了兩條長凳回自己屋裡，好請他們來了坐。待回到屋裡，卻發現王福早坐在我的桌前又在抄每日的字典，便說：「王福，你不去佔地位嗎？電影聽說很好呢！」王福不抬頭，說，「不怕的，就抄完了，電影還早。」我說：「也好。

你抄著，我整飯來吃，就在我這裡吃。抄完，吃好，去看電影。」王福仍不抬頭，只說著「我不吃」，仍舊抄下去。

老黑他們果然來了，在前面空場便大叫，我急忙過去，見大家都換了新的衣衫，褲線是筆挺的。來娣更是鮮艷，衣褲裁得極俏，將男人沒有的部位繃緊。我笑著說：「來娣，隊上的伙食也叫你偷吃得夠了，有了錢，不要再吃，買些布來做件富餘的衣衫。看你這一身，窮緊得戳眼。」來娣用手扶一扶頭髮，說：「少跟老娘來這一套。男人眼窮，你怎麼也學得賊公雞一樣？今天你們看吧，各隊都得穿出好衣衫，暗中比試呢。你們要還是老娘的兒，都替老娘湊湊威風。」老黑將頭朝後仰起，又將腰大大一弓，頭幾乎衝到地下，狠狠地「呸」了一下。來娣笑著，說：「老桿兒，看看你每天上課的地方。」我領了大家，進到初三班的教室。大家四下看了，都說像狗窩，又一個個擠到桌子後面坐好。老黑說：「老桿兒，來，給咱們上一課。」我說：「誰喊起立呢？」來娣說：「我來。」我就邁出門外，重新進來，來娣大喝一聲「起立」，老黑幾個就擠著站起來，將桌子頂倒。大家一齊笑起來，扶好桌子坐下。我清一清嗓子，說：「好，上課。今天的這課，極重要，大家要用心聽。我先把課文讀一遍。」來娣扶一扶頭髮，看看其他的人，眼睛放出光來，定定地望著我。我一邊在黑板前慢慢走動，一邊豎起一個手指，說：「聽好。從前，有座山，山裡有座廟，廟裡有個和尚，講故事。講的什麼呢？從前，有座山，山裡有座廟，廟裡有個和尚講——」老黑他們明白過來，極嚴肅地一齊吼道：「故事。講的什麼呢？從前有座山，山裡有座廟，廟裡有個和尚講故事。講的什麼呢？從前有座山，山裡有座廟……」大家一齊吼着這個循環故事，極有節奏，並且聲音越來越大，有如在山上扛極重的木料，大家隨口編些號子調整步伐，又故意喊得一條山溝嗡嗡響。

鬧過了，我看看天色將晚，就說：「你們快去佔位子。我吃了飯就來。」大家說好，紛紛向分場走去。來娣說：「老黑，你替我佔好位子，我去老桿兒宿舍看看。」大家笑起來，說：「你不是什麼都知道麼？還有什麼？」來娣說：「我去幫老桿兒做做飯嘛。」大家仍在笑，說，「好，要得，做飯是第一步。」便一路唱著走了。

我與來娣轉到後面，指了我的門口，來娣走進去，在裡面叫道：「咦？你在罰學生麼？」我跟進去，見王福還在抄，燈也未點，便一面點起油燈，一面說：「王福，別抄了。吃飯。」來娣看著王福，說：「這就是王福嗎？好用功，怪不得老桿兒誇你。留了許多功課嗎？」王福不好意思地說：「不是。我在抄老師的字典。」來娣低頭看了，高興地說：「媽的，這是我的字典嘛！」我一面將米在舀出的水裡洗，一面將王福抄字典的緣故講給來娣。來娣聽了，將字典拿起，啪的一下摔在另一隻手上，伸給王福，說：「拿去。我送給你。」王福不說話，看看我，慢慢退開，又蹲下幫我做事。我說：「字典是她送給我的。我送給你，你不要，現在真正的主人來送給你，你就收下。」王福輕輕地說：「我抄。抄記得牢。我爹說既然沒有幫我贏到，將來找機會到省裡去拉糧食，看省裡可買得到。」來娣說：「你爹？王稀——」我將眼睛用力向來娣盯過去，來娣一下將一個臉脹起來，看我一眼，擠過來說：「去去去，我來搞。你們慢得要死。」於是乒乒乓乓地操持，不再說話。

吃過飯，王福將書用布包了，夾在腋下，說是他爹一定來了，要趕快去，便跑走了。我收拾收拾，說：「去看吧。」來娣坐下來，說：「空場上演電影，哪裡也能看，不著急。」我想一想，就慢慢坐到床上。

油燈昏昏地亮著，我漸漸覺出尷尬，就找話來說。來娣慢慢翻著字典，時時看我一下，眼睛卻比油燈還亮。我忽然想起，急忙高興地說：「歌詞快寫好了呢！」來娣一下轉過來，說：「我還以為你忘了呢！拿來看看。」我起身翻出來寫完的歌詞，遞給來娣，點起一支煙，望著她。來娣快快地看著歌詞，笑著說：「這詞實在不斯文，我真把你看高了！」我吐出一口煙，看它們在油燈前扭來扭去，說：「要什麼斯文？實話實說，唱起來好聽。只怕編曲子的本領是你吹的。」來娣點點頭，忽然說：「副歌呢？」我說：「還要副歌？」來娣看著我：「當然。你現在就寫，兩句就行。前面的曲子我已經有了。」我望望她。來娣很得意地從椅子上站起來，在屋裡旋了半圈，又看看我，喝道：「還不快寫！」

我興奮了，在油燈下又看了一遍歌詞，略想一想，寫下幾句，也站起來，喝道：「看你的了！」來娣側身過去，低頭看看，一屁股坐在椅上，將腿叉開到桌子兩旁，用筆嚓嚓地寫。

遠處分場隱隱傳來電影的開場音樂聲，時高時低。山裡放電影頗有些不便，需數人輪番腳踩一個鏈式發電機。踩的人有時累了，電就不穩，喇叭裡聲音於是便怪聲怪氣，將著名唱段歪曲。又使銀幕上令人景仰的英雄動作忽而堅決，忽而猶豫，但一個山溝的人照樣看得有趣。有時踩電的人故意變換頻率，搞些即興的創作，使老片子為大家生出無限快樂。

正想著，來娣已經寫完，跳起來叫我看。我試著哼起來，剛有些上口，來娣一把推開我，說：「不要賊公雞似地在嗓子裡嘶嘶，這樣——」便銳聲高唱起來。

那歌聲確實有些特別，帶些來娣家鄉的音型，切分有些妙，又略呈搖曳，孩子們唱起來，絕對是一首特別的歌。

來娣正起勁地唱第二遍，門卻忽然打開了。老黑一幫人鑽進來，哈哈笑著：「來娣，你又搞些什麼糖衣炮彈？唱得四鄰不安，還能把老桿兒拉下水麼？」我說：「怎麼不看了？」老黑說：「八百年來一回，又是那個片子，還不如到你這裡來吹牛。來娣，你太虧了。五隊的娟子，今天佔了風頭。有人從界那邊街子上給她搞來一條喇叭褲，說是世界上穿的。屁股繃得像開花饅頭，真開了眼。不過也好，你免受刺激。」來娣不似往常，卻高興地說：「屁股算什麼？老娘的曲子出來了。我教你們，你們都來唱。」

大家熱熱鬧鬧地學，不多時，熟悉了，來娣起了一個頭，齊聲吼起來：

一二三四五
初三班真苦
識字過三千
畢業能讀書
五四三二一
初三班爭氣
腦袋在肩上
文章靠自己

又有副歌，轉了一個五度。老黑唱得有些左，來娣狠狠盯他一眼，老黑便不再唱，紅了臉，只用手擊腿。

歌畢，大家有些興奮，都說這歌解乏，來娣說：「可惜詞差了一些。」我嘆了，說寫詞實在不是一件容易的事，湊合能寫清楚就不錯。平時教學生容易嚴格，輪到自己，不由得才同情學生，慢慢思量應該教得快活些才好。

## 六

第二天一早上課，恰恰輪到作文。學生們都笑嘻嘻地說肯定是寫昨天的電影。我說：「昨天的電影？報上評論了好多年了，何消你們來寫？我們寫了不少的事，寫了不少我們看到的事。今天嘛，寫一篇你們熟悉的人。人是活動的東西，不好寫。大家先試試，在咱們以前的基礎上多一點東西。多什麼呢？看你們自己，我們以後就來講這個多。」班長說：「我寫我們隊的做飯的。」我說：「可以。」又有學生說寫我。我笑了，說：「你們熟悉我嗎？咱們才在一起一個多月，你們怕是不知道我睡覺打不打呼嚕。」學生們笑起來，我又說：「隨便你們，我也可以做個活靶子嘛。」

學生們都埋了頭寫。我忽然想起歌子的事，就慢慢走動著說：「今天放學以後，大家稍留一留，我有一支好歌教你們唱。」學生們停了筆，很感興趣。我讓學生們好好寫作文，下午再說。

太陽已升起很高，空場亮堂堂的。我很高興，就站在門裡慢慢望。遠遠見老陳陪了一個面生的人穿過空場，又站下，老陳指指我的方向，那人便也望望我這裡，之後與老陳進到辦公室。我想大約是老陳的朋友來訪他，他陪朋友觀看學校的教舍。場上又有豬雞在散步，時時遺下一些污跡，又互相在對方的糞便裡覓食。我不由暗暗慶幸自己今生是人。若是畜類，被人類這樣觀看，真是慚愧。

又是王福先交上來。我拿在手中慢慢地看，不由吃了一驚。上面寫道：

## 我的父親

我的父親是世界中力氣最大的人。他在隊裡扛麻袋，別人都比不過他。我的父親又是世界中吃飯最多的人。家裡的飯，都是母親讓他吃飽。這很對，因為父親要做工，每月拿錢來養活一家人。但是父親說：「我沒有王福力氣大，因為王福在識字。」父親是一個不能講話的人，但我懂他的意思。隊上有人欺負他，我明白。所以我要好好學文化，替他說話。父親很辛苦，今天他病了，後來慢慢爬起來，還要去幹活，不願失去一天的錢。我要上學，現在還替不了他。早上出的白太陽，父親在山上走，走進白太陽裡去。我想，父親有力氣啦。

我呆了很久，將王福的這張紙放在桌上，向王福望去。王福低著頭在寫什麼，大約是別科的功課，有些黃的頭髮，當中一個旋對著我。我慢慢看外面，地面熱得有些顫動。我忽然覺得眼睛乾澀，便擠一擠眼睛，想，我能教那多的東西麼？

終於是下課。我收好了作文，正要轉去宿舍，又想一想，還是走到辦公室去。進了辦公室，見老陳與那面生的人坐成對面。老陳招呼我說：「你來。」我走近去，老陳便指了那人說：「這是總場教育科的吳幹事。他有事要與你談。」我看看他，他也看看我，將指間香煙上一截長長的煙灰彈落，說：「你與學生打過賭？」我不明白，但點點頭。吳幹事又說：「你教到第幾課了？」我說：「課在上，但課文沒教。」吳幹事又說：「為什麼？」我想一想，終於說：「沒有用。」吳幹事看看老陳，說：「你說吧。」老陳馬上說：「你說吧。」吳幹事說：「很清楚。你說吧。」老陳不看我，說：「總場的意思，是叫你再鍛鍊一下。分場的意思呢，是叫你自己找一個生產隊，如果你不願意回你原來的生產隊。我想呢，你不必很急，將課交代一下，休息休息，考慮考慮。我的意思是你去三隊吧。」我一下明白事情很簡單，但仍假裝想一想，說：「哪個隊都一樣，活計都是那些活計。不用考慮，課文沒有教，不用交代什麼。我現在就走，只是這次學生的作文我想帶走，不麻煩吧？」老陳和吳幹事望望我。我將課本還給老陳。吳幹事猶豫了一下，遞過一支煙，我笑一笑，說：「不會。」吳幹事將煙別在自己耳朵上，說：「那，我回去了。」老陳將桌上的本子認真地挪來挪去，只是不說話。

我走出辦公室，陽光暴烈起來。望一望初三班的教舍，門內黑黑的，想，先回隊上去吧，便頂了太陽離開學校。

第二天極早的時候，我回來收拾了行李，將竹笆留在床上，趁了大霧，揹行李沿山路去三隊。太陽依舊是白白的一圈。走著走著，我忽然停下，從包裡取出那本字典，翻開，一筆一筆地寫上「送給王福　來娣」，看一看，又並排寫上我的名字，再慢慢地走，不覺輕鬆起來。

## 《亞洲週刊》評選出的權威書目
## 二十世紀中文小說一百強排行榜

001 吶喊／魯迅
002 邊城／沈從文
003 駱駝祥子／老舍
004 傳奇／張愛玲
005 圍城／錢鍾書
006 子夜／茅盾
007 台北人／白先勇
008 家／巴金
009 呼蘭河傳／蕭紅
010 老殘遊記／劉鶚
011 寒夜／巴金
012 彷徨／魯迅
013 官場現形記／李伯元
014 財主底兒女們／路翎
015 將軍族／陳映真
016 沉淪／郁達夫
017 死水微瀾／李劼人
018 紅高粱／莫言
019 小二黑結婚／趙樹理
020 棋王／阿城
021 家變／王文興
022 馬橋詞典／韓少功
023 亞細亞的孤兒／吳濁流
024 半生緣（十八春）／張愛玲
025 四世同堂／老舍
026 紅頂商人胡雪巖／高陽
027 啼笑姻緣／張恨水
028 兒子的大玩偶／黃春明
029 射鵰英雄傳／金庸
030 莎菲女士的日記／丁玲
031 鹿鼎記／金庸
032 孽海花／曾樸
033 惹事／賴和
034 嫁妝一牛車／王禎和
035 異域／柏楊
036 曾國藩／唐浩明
037 原鄉人／鍾理和
038 白鹿原／陳忠實
039 長恨歌／王安憶
040 吉陵春秋／李永平
041 黃禍／王力雄
042 狂風沙／司馬中原
043 艷陽天／浩然
044 公墓／穆時英
045 舊址／李銳
046 星星・月亮・太陽／徐速
047 台灣人三部曲／鍾肇政
048 洗澡／楊絳
049 旋風／姜貴

050 荷花澱／孫犁
051 我城／西西
052 受戒／汪曾祺
053 鐵漿／朱西寧
054 世紀末的華麗／朱天文
055 蜀山劍俠傳／還珠樓主
056 又見棕櫚，又見棕櫚／於梨華
057 浮躁／賈平凹
058 組織部來了個年經人／王蒙
059 玉梨魂／徐枕亞
060 香港三部曲／施叔青
061 京華煙雲／林語堂
062 倪煥之／葉聖陶
063 春桃／許地山
064 桑青與桃紅／聶華苓
065 藍與黑／王藍
066 二月／柔石
067 風蕭蕭／徐訏
068 芙蓉鎮／古華
069 地之子／台靜農
070 城南舊事／林海音
071 古船／張煒
072 酒徒／劉以鬯
073 未央歌／鹿橋
074 沉重的翅膀／張潔
075 果園城記／師陀
076 人啊，人／戴厚英
077 黃金時代／王小波
078 狗日的糧食／劉恆
079 棋王／張系國
080 賴索／黃凡
081 妻妾成群／蘇童
082 霸王別姬／李碧華
083 殺夫／李昂
084 楚留香／古龍
085 窗外／瓊瑤
086 沉默之島／蘇偉貞
087 白髮魔女傳／梁羽生
088 古都／朱天心
089 尹縣長／陳若曦
090 四喜憂國／張大春
091 喜寶／亦舒
092 男人的一半是女人／張賢亮
093 將軍低頭／施蟄存
094 藍血人／倪匡
095 二十年目睹之怪現狀／吳趼人
096 活著／余華
097 岡底斯的誘惑／馬原
098 十年十癔／林斤瀾
099 北極風情畫／無名氏
100 雍正皇帝／二月河

棋王、樹王、孩子王／阿城著. -- 一版. -- 臺北市：大地, 2007〔民96〕
面：　公分. --（大地文學：21）
ISBN 978-986-7480-76-7（平裝）

857.63　　96006981

# 棋王、樹王、孩子王

大地文學 021

| | |
|---|---|
| 作者 | 阿城 |
| 發行人 | 吳錫清 |
| 創辦人 | 姚宜瑛 |
| 主編 | 陳玟玟 |
| 出版者 | 大地出版社 |
| 社址 | 114台北市內湖區瑞光路358巷38弄36號4樓之2 |
| 劃撥帳號 | 50031946（戶名　大地出版社有限公司） |
| 電話 | 02-26277749 |
| 傳真 | 02-26270895 |
| E-mail | support@vasplain.com.tw |
| 網址 | www.vasplain.com.tw |
| 美術設計 | 博客斯彩藝有限公司 |
| 印刷者 | 博客斯彩藝有限公司 |
| 1版11刷 | 2023年4月 |

大地

定　價：250元